JN284510

岩崎京子

建《たて》具《ぐ》職《しょく》人《にん》の千《せん》太《た》郎《ろう》

岩崎京子
絵●田代三善

くもん出版

建具《たてぐ》職人《しょくにん》の千太郎《せんたろう》

もくじ

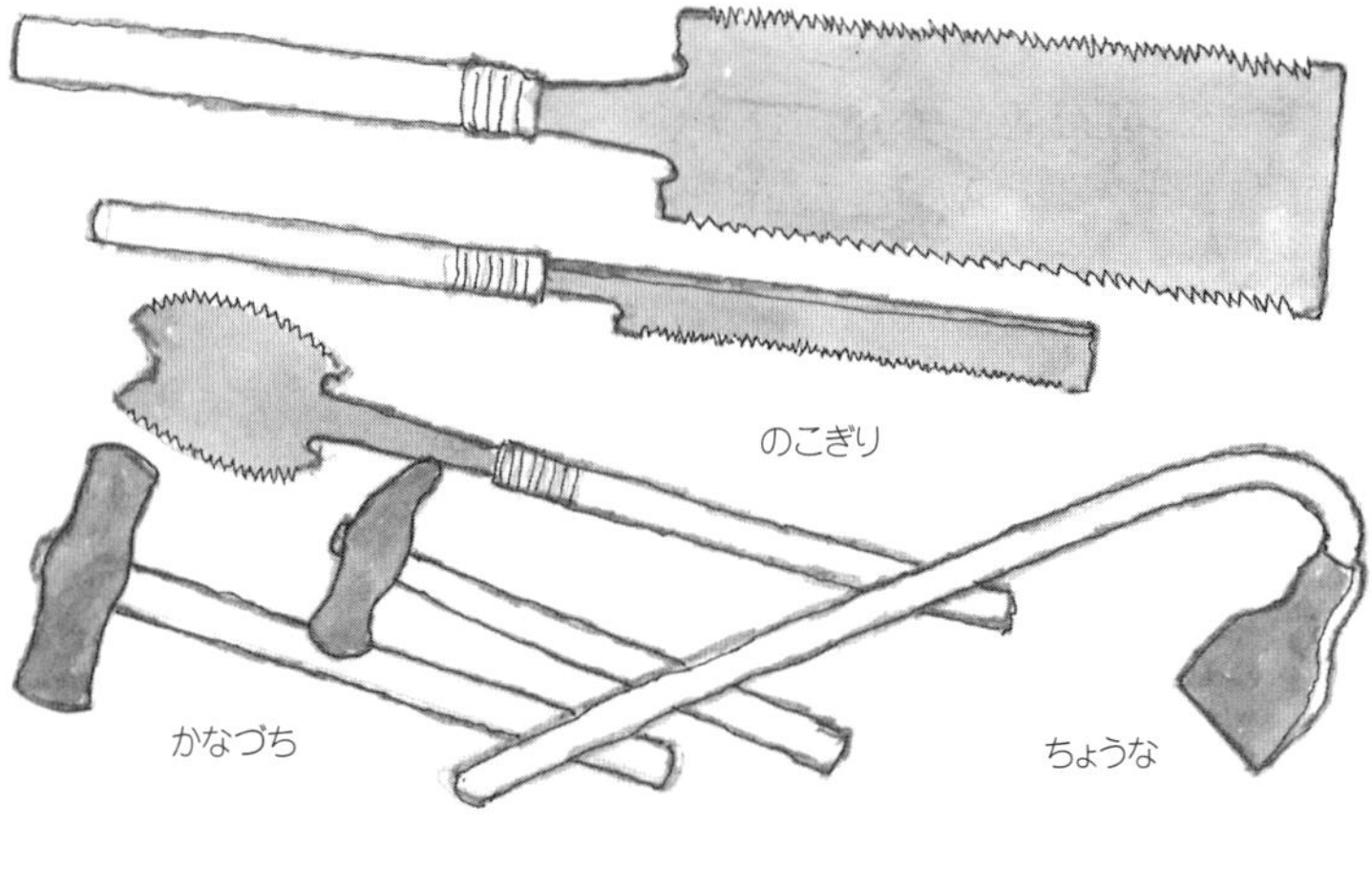
のこぎり
かなづち
ちょうな

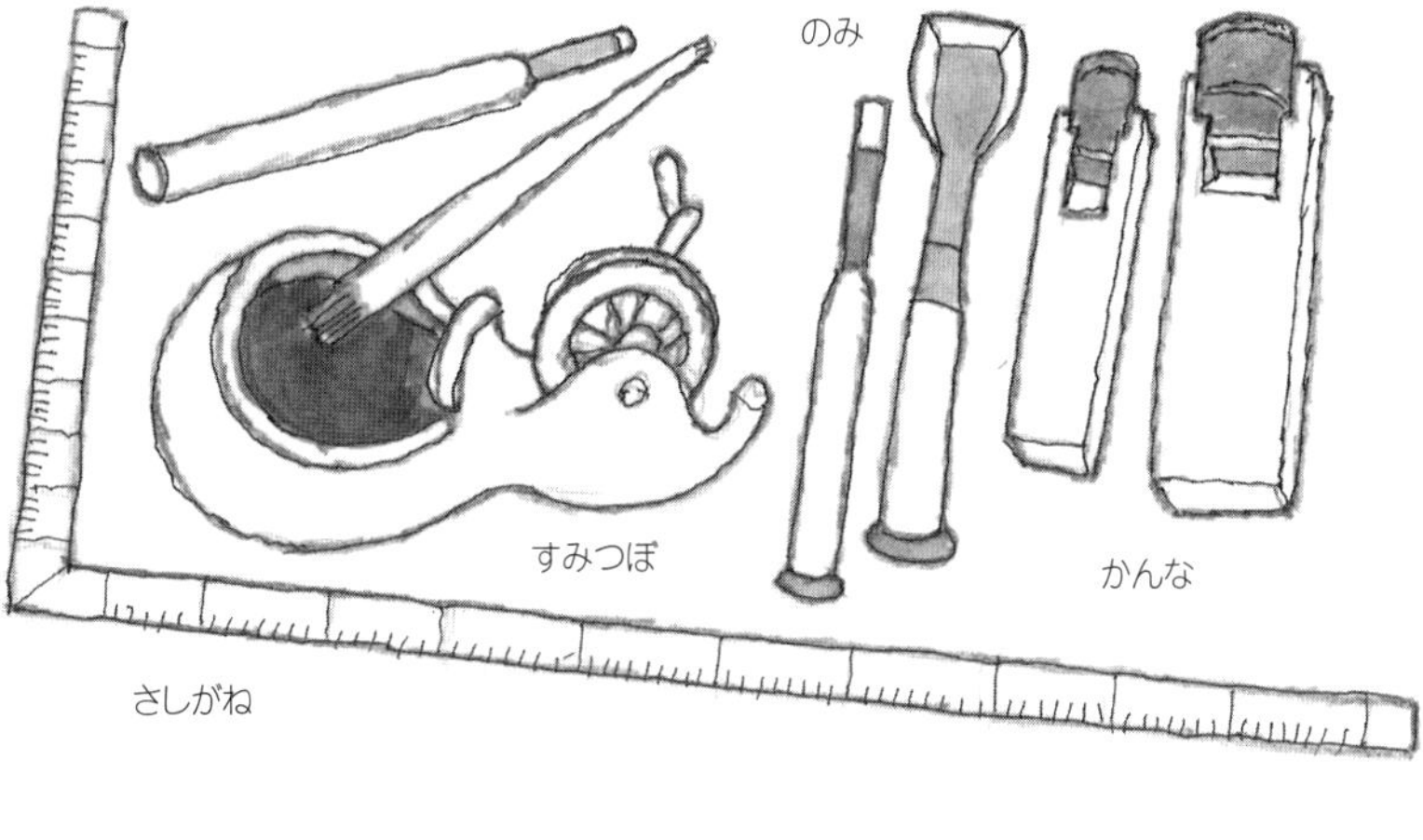

のみ
すみつぼ
かんな
さしがね

建具職人《たてぐしょくにん》の千太郎《せんたろう》

一 おこう奉公《ほうこう》

おこうが、鶴見《つるみ》の建具屋《たてぐや》「建喜《たてき》」に奉公《ほうこう》にあがったのは、十歳《とう》のときでした。十歳《とう》といっても、かぞえ年《どし》で、ほんとうはやっと九歳《ここのつ》を越《こ》したばかりでした。かぞえ年《どし》というのは、生《う》まれた年《とし》を一歳《ひとつ》とし、正月《しょうがつ》が来《く》るたびに一歳《ひとつ》ずつくわえていく、かぞえ方《かた》でした。

おこうのおとっつぁんの万三《まんぞう》は、となり村《むら》の生麦《なまむぎ》の農夫《のうふ》でした。よその田《た》にやとわれて手間取《てまど》り（手間賃《てまちん》をもらって仕事《しごと》をすること）をし、その合間《あいま》に浜《はま》に出《で》ては、海苔《のり》の刈《か》り入《い》れを手伝《てつだ》ったり、ワカメのくずをひろってきて、干《ほ》し、束《たば》ねて、大通《おおどお》りの店《みせ》においてもらったり、ぼてふり（てんびん棒《ぼう》をかついで売《う》り歩《ある》く商人《しょうにん》）におろしたりして、せっせと働《はたら》きました。ですが、そのわりに暮《く》らしぶりは、やっとその日暮《ひぐ》らし、といったところでした。

万三《まんぞう》は、おこうが十歳《とう》になる日《ひ》を待《ま》っていました。子守《こも》り奉公《ぼうこう》でも、お勝手《かって》の下働《したばたら》きでも、なんでもいいから、おこうがどこかにやとわれでもすれば、いくらかでも暮《く》らしが助《たす》かるというものです。

おっかさんは、細《ほそ》いごぼうのような手足《てあし》のおこうを見《み》ると、さすがにいいました。

「ちょいと、まだかわいそうだよ、あんた」

「なにいうだ。十歳《とう》になりゃ、いばって奉公《ほうこう》に出《だ》せらい。りっぱなもんよ」

「だって、建具屋《たてぐや》に連《つ》れてくっていうじゃないか。この子《こ》に木《き》ぃかついだりは、できないだろう?」

「そんなんは、男衆《おとこし》のすることだ。こいつは惣領《そうりょう》(いちばんめの子《こ》ども。長男《ちょうなん》または長女《ちょうじょ》)で、弟《おとうと》の守《も》りはやってる。めしはたける。うちでそれをやっても、手間《てま》はもらえねえけんどよ。よそさんで同《おな》じことすりゃ、金《かね》になんべよ」

「年季《ねんき》のご奉公《ほうこう》だろ? おまいさん。お給金《きゅうきん》はとうぶん出《で》ないんだよ」

「わかってらあね。お給金《きゅうきん》はとうざ出《で》なくってもよ。うちはめし食《く》う口《くち》が、ひとつ減《へ》らあな。その分《ぶん》ういてくるってえもんよ。口減《くちべ》らしだわね」

それがめあてだと、万三《まんぞう》はいいました。

「ひどいよ、おまいさん」

おっかさんはおこうの手《て》をとると、にぎりしめました。

「すまないねえ、おこう。でもうちにおいとけば、食《た》べさせてやれない日《ひ》もあるけんど、奉公《ほうこう》にあがってれば、三度三度《さんどさんど》、食《た》べさせてもらえっから」

おこうは、こくんとうなずきました。むしろ、わくわくしていました。これであたいは、みじめな暮《く》らしからぬけ出《だ》せるんだ。ひろい世間《せけん》に出《で》ていきゃあ、きっといいことがあるさ。このうちより悪《わる》いとこなんて、あるわけない。三度《さんど》食《た》べられるんだって？　そんないいところがあるんなら、はやく行《い》きたいよ。

この話《はなし》は、文化《ぶんか》九年《ねん》(一八一二年《ねん》)、江戸時代《えどじだい》の後期《こうき》にさしかかったころのお話《はなし》です。年号《ねんごう》が示《しめ》すとおり、日本《にほん》の文化《ぶんか》が安定《あんてい》した時代《じだい》でした。

さて、東海道《とうかいどう》とは、京都《きょうと》から江戸《えど》までの幹線道路《かんせんどうろ》、つまり天下《てんか》の大通《おおどお》りで、五十三の宿場《しゅくば》がありました。その宿場《しゅくば》はにぎわいましたが、あいにく鶴見《つるみ》とか生麦《なまむぎ》は、神奈川宿《かながわじゅく》と川崎宿《かわさきじゅく》の中間《ちゅうかん》で、なにもないところです。ひとすじならびに家《いえ》がありますが、旅人相手《たびびとあいて》の休《やす》み茶屋《ぢゃや》くらいなもの。街道《かいどう》に沿《そ》って、その裏《うら》は、すぐ田《た》んぼでした。

その家《いえ》なみがきれると、松並木《まつなみき》もあり、そのあいだから海《うみ》も見《み》えました。生麦《なまむぎ》の、ちょっとにぎやかな茶屋町《ちゃやまち》を過《す》ぎると、また、のどやかな田園《でんえん》がつづいていました。

石垣《いしがき》の上《うえ》に椿《つばき》の木《き》があり、道《みち》に低《ひく》く枝《えだ》をのばしていました。

「あ、さいてる」

おこうがつぶやきました。

「ふん、なんだってんだ、くだらねえ。花《はな》なんか、一文《もん》の足《た》しにもなんねえべ。足《あし》を止《と》めんな、おこう」

おこうはそれでも、ちょっと見《み》あげていました。すると目《め》の前《まえ》に、ぽたっと紅《あか》い花《はな》が落《お》ちてきました。ちょっとそっぽを向《む》いてる花《はな》をのぞくと、くるっとこっちを向《む》きました。風《かぜ》のせいか、おこうの手《て》がさわったのか――。

「なにしてやがる。さっさと歩《ある》け」

いまのいままで、別《べつ》に椿《つばき》の花《はな》なんか、気《き》にもしていなかったおこうでしたが、ちょっと、おとっつぁんにたてつきたい気持《きも》ちでした。

「ふん、いうなりになんか、なりたくないっ」

おこうがふり返《かえ》ると、椿《つばき》の花《はな》は、おこうにささやきかけるように、またちょっと、動《うご》いて向《む》きを変《か》えました。

さて、建喜《たてき》は東海道《とうかいどう》に面《めん》していましたが、その大通《おおどお》りから店《みせ》の前《まえ》までを、すこしひろめにとってありました。大八車《だいはちぐるま》が何台《なんだい》かおけるくらいです。入《い》り口《ぐち》には、「建《たて》喜《き》」と書《か》いた油障子《あぶらしょうじ》がありました。

おこうが、おとっつぁんに引《ひ》きずられるようにして建喜《たてき》に着《つ》いたとき、つーんと木《き》のにおいがしました。

木取《きど》り場《ば》(木《き》を大《おお》まかな形《かたち》に切《き》る場所《ばしょ》)がすぐ横手《よこて》にあり、檜《ひのき》、杉《すぎ》、桂《かつら》、桑《くわ》などの原木《げんぼく》が積《つ》んであったり、立《た》てかけてあったりしました。

木《き》は山《やま》から伐《き》り出《だ》しても、すぐには細工《さいく》はできません。生《なま》がわきの木《き》をつかうと、後《あと》でちぢんだりして寸法《すんぽう》がくるうので、自然《しぜん》に乾燥《かんそう》するのを待《ま》ちました。

「ごめんなすって」

ぱんぱんと野良着《のらぎ》のすそをはたいて、おとっつぁんは戸《と》を開《あ》けました。おこうが、その後《うし》ろからそっとのぞくと、ひろめの土間《どま》があり、壁《かべ》には、のこぎりが大《おお》きい順《じゅん》にならべてかけてありました。

その下《した》には棚《たな》があり、小《こ》ぶりの彫刻刀《ちょうこくとう》とか、のみが、これも大《おお》きい順《じゅん》にきちんとならべてありました。

職人《しょくにん》たちの仕事場《しごとば》は、はやくも仕事《しごと》がはじまっていて、さくさく、ざりざりざり、ぎしぎしなど、木《き》をけずる音《おと》が聞《き》こえてきました。

おこうは木《き》のにおいや、道具《どうぐ》の音《おと》に気《き》をとられて、ぼうっとしていたもんで、おとっつぁんに頭《あたま》をおさえつけられました。

棟梁《とうりょう》の喜右衛門《きえもん》の横《よこ》にいたおかみさんは、おこうを見《み》ると、

「うちにこんなちっこい娘《こ》、おいていかれてもねえ。してもらう仕事《しごと》はないよ。せ

めてもう二年《ねん》くらい、後《あと》にしたらどうだい」

と冷《つめ》たくいいました。

万三《まんぞう》はここで断《ことわ》られたらたいへんと、必死《ひっし》に頭《あたま》をさげました。

「こうめえても、ご奉公《ほうこう》の年《とし》にゃあなっておりやすんで。めしをたくのも、おせえてありやす。ちっこいこいつの弟《おとうと》の守《も》りだって、やらせてきやした」

「あいにく、うちには赤《あか》ん坊《ぼう》はいないよ」

「まあまあ」

職人《しょくにん》にしてはおだやかな喜右衛門《きえもん》は、おかみさんをふり返《かえ》ると、

「いいじゃないか。おいておやりよ」

と、なだめるようにいいました。

そのすきに、おこうを土間《どま》においたまま、万三《まんぞう》は、にげるようにして帰《かえ》ってしまいました。

二　建具屋《たてぐや》「建喜《たてき》」

大工《だいく》の建《た》てた家《いえ》に、戸障子《としょうじ》や、入《い》り口《ぐち》の木戸《きど》をこしらえてはめこむのが、建具屋《たてぐや》です。細《こま》かい細工《さいく》の欄間《らんま》とか、屏風《びょうぶ》などをつくるのも、建具屋《たてぐや》の仕事《しごと》でした。

ずっと昔《むかし》は、農民《のうみん》たちは、自分《じぶん》の家《いえ》を自分《じぶん》で建《た》てていました。太《ふと》い柱《はしら》を立《た》てたり、屋根《やね》をのせたりなど、自分《じぶん》の手《て》にあまる作業《さぎょう》のときは、村《むら》の人《ひと》が手伝《てつだ》ってくれました。

いつごろから、家《いえ》を建《た》てる大工《だいく》、壁《かべ》をぬる左官《さかん》、屋根《やね》をふく屋根屋《やねや》などの、専門《せんもん》家《か》ができたのでしょうか。

江戸時代《えどじだい》にもなると、農民《のうみん》たちの技術《ぎじゅつ》も、そうとう進《すす》んでいました。家《いえ》を建《た》てる仕事《しごと》も増《ふ》えてきて、左官《さかん》にしろ、屋根屋《やねや》にしろ、畳屋《たたみや》にしろ、農業《のうぎょう》のかた手間《てま》ではできなくなりました。それで、農民《のうみん》からそれぞれの専門家《せんもんか》、職人《しょくにん》になる者《もの》が出《で》てきたのでした。

街道沿《かいどうぞ》いにある腰《こし》かけ茶屋《ぢゃや》なども、もとは、たまたま道沿《みちぞ》いに家《いえ》のあった農民《のうみん》が、副業《ふくぎょう》としてはじめたものだったのです。

建具屋《たてぐや》の喜右衛門《きえもん》も、もともとは農民《のうみん》なのでした。

鶴見《つるみ》の人《ひと》はあまり知《し》らなかったのですが、喜右衛門《きえもん》の名《な》は、大工仲間《だいくなかま》で、「組子《くみこ》細工《ざいく》の名人《めいじん》」として、ちょっと名《な》が通《とお》っていました。

そのころ江戸《えど》では、見立《みた》て番付《ばんづけ》というのがはやっていました。すもうの番付《ばんづけ》とか、長者番付《ちょうじゃばんづけ》、芸能人《げいのうじん》の人気番付《にんきばんづけ》ならいまでもありますが、東西《とうざい》に分《わ》けて、横綱《よこづな》、大関《おおぜき》、関脇《せきわけ》、小結《こむすび》などの、あれです。

ある年《とし》の、大工職見立《だいくしょくみた》て番付《ばんづけ》の東《ひがし》の大関《おおぜき》として、「組子《くみこ》　鶴見《つるみ》の喜右衛門《きえもん》」があったことがありました。

建具《たてぐ》は、京風《きょうふう》と江戸風《えどふう》とでは、模様《もよう》にも好《この》みのちがいがはっきりしていました。

京風《きょうふう》の欄間《らんま》や屏風《びょうぶ》などは、花鳥《かちょう》とか竜《りゅう》、虎《とら》などが立体的《りったいてき》に彫《ほ》られたり、すかし彫《ぼ》

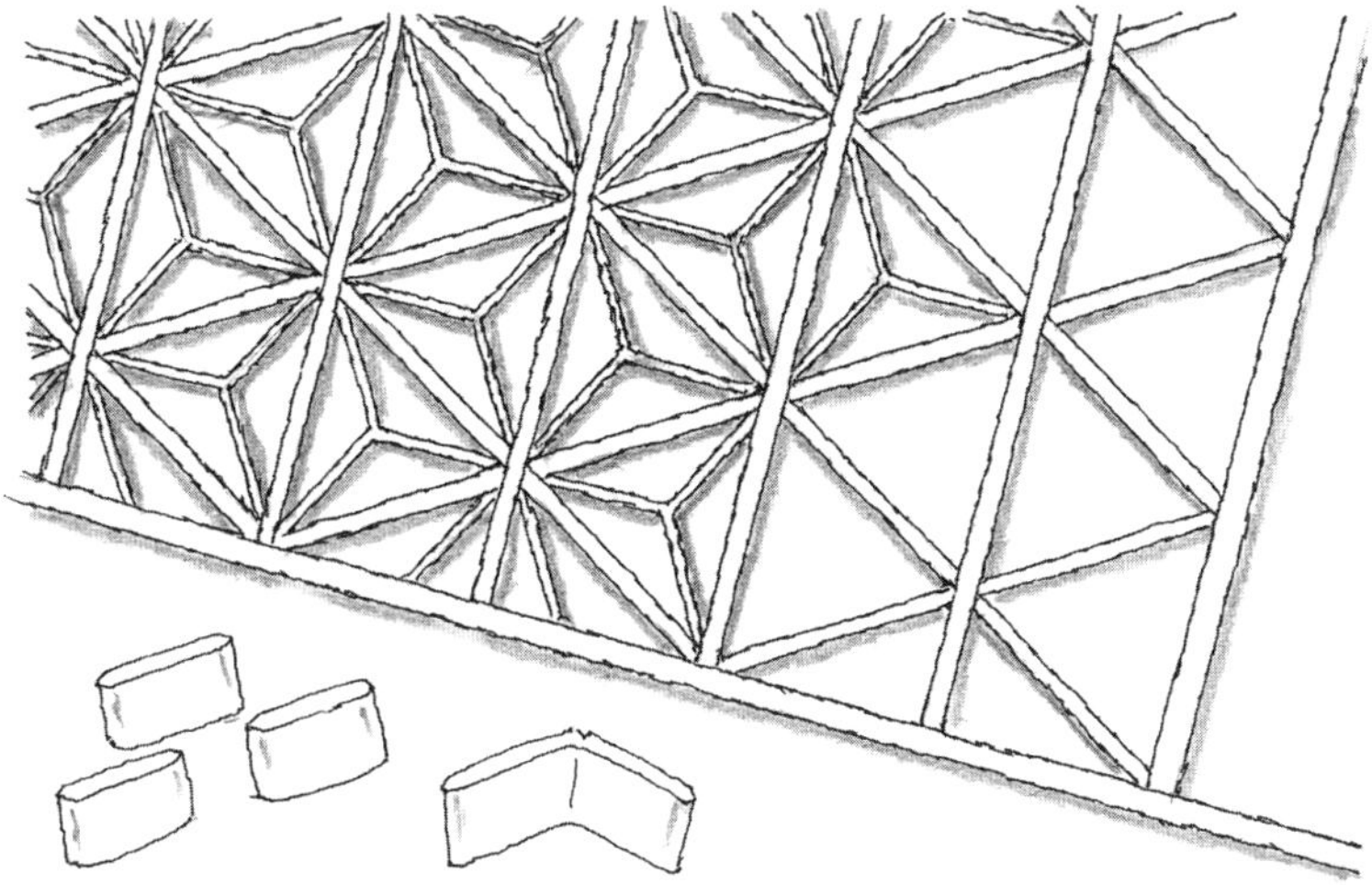

りになったりと、はでてした。それにくらべて、江戸《えど》のものは、じみでした。千本格子《せんぼんこうし》、菱《ひし》つなぎ、網代《あじろ》や檜垣《ひがき》など、幾何学的《きかがくてき》な連続模様《れんぞくもよう》が好《この》まれました。武家《ぶけ》の着《き》る裃《かみしも》にも、目《め》を近《ちか》づけなければ見《み》えないくらいの、小紋《こもん》がつかわれていましたが、それも、江戸風《えどふう》の好《この》みでした。

喜右衛門《きえもん》の得意《とくい》なのが、その、組子細工《くみこざいく》でした。

組子《くみこ》は、外枠《そとわく》のなかに、細《ほそ》い桟《さん》を交差《こうさ》させて、菱形《ひしがた》や亀甲《きっこう》（正六角形《せいろっかくけい》）が連続《れんぞく》するように組《く》み、そのすきまひとつひとつに、こま（小《ちい》さな木《き》の部材《ぶざい》）を手作業《てさぎょう》で組《く》みこんで、模様《もよう》を編《あ》んでいく、木工《もっこう》の技法《ぎほう》です。くぎは、いっさいつかいません。細工《さいく》の技術《ぎじゅつ》はもとより、木《き》の性質《せいしつ》などにも熟知《じゅくち》していなければならないので、この技法《ぎほう》を習得《しゅうとく》するには、たいへん長《なが》い年月《ねんげつ》が必要《ひつよう》です。喜右衛門《きえもん》はとくに、亀甲《きっこう》の組子《くみこ》を得意《とくい》としていました。注文《ちゅうもん》があればこしらえて、おさめてしまうので、作品《さくひん》は手元《てもと》に残《のこ》りませんが、鶴見《つるみ》の茶屋《ちゃや》、大黒屋《だいこくや》の大広間《おおひろま》においてある、喜右衛門《きえもん》がつくった衝立《ついたて》は、浜《はま》に高々《たかだか》と干《ほ》した魚《さかな》とりの網《あみ》が評判《ひょうばん》でした。網《あみ》は、運《うん》も福《ふく》もとりこむといって、商家《しょうか》の喜《よろこ》ぶ模様《もよう》でした。

さて、建喜《たてき》の仕事場《しごとば》はひろめで、半分《はんぶん》は土間《どま》になっていました。真《ま》ん中《なか》は棟梁《とうりょう》、喜右衛門《きえもん》の席《せき》です。その横《よこ》に、一番弟子《いちばんでし》の正吉《しょうきち》、二十歳《はたち》がいました。修業《しゅぎょう》の期間《きかん》を終《お》えて、一人前《いちにんまえ》の職人《しょくにん》になったばかりでした。

土間《どま》におりて、板《いた》をかんなでけずっているのが新吉《しんきち》、十六歳《さい》、二番弟子《にばんでし》です。そのかんなくずをかごに集《あつ》めているのが、小僧《こぞう》の幸吉《こうきち》、八歳《さい》です。実《じつ》は喜右衛門《きえもん》には、秋次《あきじ》という、十七歳《さい》の息子《むすこ》がいるはずです。それが、とつぜん家《いえ》を出《で》てしまいました。

まわりには修業《しゅぎょう》に出《だ》したといっていますが、ぐれてとび出《だ》したらしいというのが、近所《きんじょ》のうわさでした。

このところ喜右衛門《きえもん》は、書院障子《しょいんしょうじ》にかかりきりでした。障子《しょうじ》の下半分《したはんぶん》、それも二面《めん》べったりを、桜亀甲《さくらきっこう》の模様《もよう》でうめるのです。

仕事場《しごとば》のみんなは気《き》をつかって、音《おと》をたてないようにしていました。

「なんだ、なんだ。建具屋《たてぐや》が木《き》ぃけずる音《おと》やかなづちの音《おと》がしねえってのは、おかしいやね。かまわずやってくれ」

なるほど、そう気《き》をつかうことはありません。

棟梁《とうりょう》も、これは癖《くせ》なのですが、仕事《しごと》にのってくると、ふんふん鼻歌《はなうた》が出《で》てきます。なんの歌《うた》なのか、だれにもわからなかったのですが、どうも浄瑠璃《じょうるり》(語《かた》りものの一種《いっしゅ》)の一節《いっせつ》じゃないかねと、正吉《しょうきち》あにさんがいいました。

「ほらね、べんべん、べべん、べべん、べん、夫《おっと》は妻《つま》をいたわりつ、妻《つま》は夫《おっと》をしたいつつ」

「ちがいますよう、あにさん。山椒大夫《さんしょうだゆう》ですよ」

新吉《しんきち》がいいました。

「べんべん、べべん、べべん、べん、安寿《あんじゅ》こいしや、ほうやれほ。厨子王《ずしおう》こいしや、ほうやれ、ほ。ね？」

すると、棟梁《とうりょう》が笑《わら》いだしました。

「なんて耳《みみ》をしてやがんだ。べんべん、べべん、べべん、べん、やがて近《ちか》づく昼《ひる》の刻《こく》、きょうのおかずはなんじゃいな。鯵《あじ》のたたきが出《で》ればよい。べべん、べん、だ」

思《おも》わず仕事場《しごとば》は、大笑《おおわら》いになってしまいました。

三　おこうの水《みず》くみ

台所《だいどころ》の方《ほう》は、仕事場《しごとば》のようにのんびりおだやかという具合《ぐあい》には、いきませんでした。

おこうは、いってみれば、おかみさんの小言《こごと》に追《お》いまわされに、やって来《き》たようなものです。

「なんでもできるんだね、おこう。おまいのおとっつぁんがそういったよ。なにやらしても、文句《もんく》はないね。じゃ、とりあえず、かめに水《みず》をくんでおくれ」

台所《だいどころ》には、おかみさんのほかに、四十歳《さい》になる、通《かよ》いのやえ、十七歳《さい》の住《す》みこみのみつという、ふたりの女子衆《おなごし》が働《はたら》いていました。

建喜《たてき》の台所《だいどころ》はひろく、土間《どま》にへっつい（煮《に》たきするための設備《せつび》。上《うえ》に鍋《なべ》などをかけ、下《した》で火《ひ》をたく。かまどが三つあり、そこでできた熾火（勢いよく燃えて赤くなった炭火）で煮たきする七輪《しちりん》(土製《つちせい》のかんたんなコンロ)が、三《みっ》つありました。

かめは？　かめってどこにあるんだろう。

「なにをぼうっとつっ立《た》ってんだよ。そこに桶《おけ》があるだろう。それに井戸《いど》の水《みず》をくんで、かめに張《は》るんだよ。かめ？　かめはおまえの後《うし》ろだよ」

おこうがふり返《かえ》ると、おこうの胸《むね》の高《たか》さくらいの、胴《どう》の太《ふと》い水《みず》がめがありました。

「いつでも用《よう》が足《た》せるように、水《みず》はいつも、いっぱいにしとくんだよ。えっ？　井《い》戸《ど》？　井戸《いど》は裏《うら》だよ。まったくう」

おかみさんは、やえの方《ほう》に向《む》くと、

「いちいちこれだ。やってらんないよう」

と顔《かお》をしかめました。やえも調子《ちょうし》を合《あ》わせて、同《おな》じ顔《かお》をしました。

水《みず》くみはつらい仕事《しごと》でした。

井戸《いど》からかめまで、たった十五歩《ほ》です。でも、桶《おけ》いっぱいに水《みず》を入《い》れると、おこうには、まず持《も》ちあがりません。そこで、水《みず》の量《りょう》を半分《はんぶん》にしました。そのかわり、井戸《いど》に行《い》く回数《かいすう》は倍《ばい》になりました。

まず、つるべを井戸《いど》のなかに、ぴしゃんと落《お》とします。水《みず》をくむのも要領《ようりょう》がいりますが、その水《みず》を桶《おけ》に移《うつ》すのも、おこうはうまくできず、あたりはびしょびしょ。

やえは、わざととびのき、

「そこら中《じゅう》、水《みず》まくんじゃないよっ」

とどなりました。

おこうが水《みず》をまきちらすのは、井戸《いど》のまわりだけではありません。入《い》り口《ぐち》の敷居《しきい》につまずいて、土間《どま》に水《みず》をぶちまけたこともありました。

胸《むね》の高《たか》さに桶《おけ》を持《も》ちあげるのさえできず、その水《みず》がかめに入《はい》らず、土間中《どまじゅう》びしょびしょ。

こんな思《おも》いをしてくみこんだ水《みず》を、おかみさんや、まかない係《がかり》のやえは、ざぶざぶつかうのでした。

「おこう、水《みず》がないよ。いつも張《は》っとけって、いっといたろう」

おこうは、あわてて桶《おけ》をかかえて、とび出《だ》しました。あんまり急《いそ》いだもんで、敷《しき》居《い》に足《あし》の指《ゆび》をいやというほどぶつけ、痛《いた》さにしゃがみこんでしまいました。

でもすぐ、おかみさんになにかいわれる前《まえ》に、よろっと立《た》ちあがりました。

おこうの苦労《くろう》は、こんなことじゃすみませんでした。

夜《よ》も明《あ》けきらぬうちに起《お》こされ、茶碗《ちゃわん》を洗《あら》ったり、薪《まき》を運《はこ》んだり……。夜《よる》おそく、ようやく仕事《しごと》が終《お》わると、はうようにして屋根裏《やねうら》の使用人部屋《しようにんべや》にあがり、ふとんにもぐりこみました。

一足先《ひとあしさき》にあがっていたみつが、ふとんのなかから目《め》だけ出《だ》して、

「おかみさんの小言《こごと》ってえのは、癖《くせ》だからさ。すぐ慣《な》れちまうよ」

といいました。

慣《な》れるもんだろうか。おかみさんには、いつなにをおこられるのか、さっぱり見《けん》当《とう》がつかなかったから、おこうはいつも、びくびくしていました。精《せい》いっぱいやってるつもりなのに、まるで見当《けんとう》ちがいのことでおこられるのでした。

気《き》の強《つよ》い、こわいもの知《し》らずのおこうでしたが、おかみさんは例外《れいがい》でした。なにかいわれると、別《べつ》にたいした小言《こごと》でなくても、声《こえ》を聞《き》くだけで、熱《あつ》いものがぐうっ

と喉《のど》のあたりまであがってきて、息《いき》ができなくなるのでした。

あるとき、とつぜん、おこうがいなくなりました。

「おこう、おこう。どこ行《い》った？　みつ、さがしておいで」

「へえ」

「ふん、おおかた生麦《なまむぎ》のうちにでも、泣《な》きに帰《かえ》ったんだろう。これだから、近場《ちかば》の子《こ》はいやなんだ」

実《じつ》はおこうは、表口《おもてぐち》のわきの植《う》えこみのなかに、もぐりこんでいたのです。この木《き》は、下《した》の方《ほう》まで枝《えだ》がしげっていて、はうようにして入《はい》っていくと、きずついた小《こ》娘《むすめ》を、そっとかかえこんでくれるのでした。

すこし落《お》ちついて見《み》あげると、枝《えだ》のかげに、紅《あか》い花《はな》が見《み》えました。

「ああ、この木《き》、椿《つばき》なんだ。気《き》がつかなかった」

そういえば、お目見得《めみえ》の日《ひ》、来《く》る途中《とちゅう》でも、椿《つばき》の花《はな》を見《み》たっけ。

「おこう、おこう、どこ行《い》ったんだい。このいそがしいのに、用《よう》が足《た》せないんだよ」

生麦《なまむぎ》に行《い》ったのかも、といったくせに、おかみさんは、とんがった声《こえ》で呼《よ》びたてました。

おこうは、びくんとしました。でも、出《で》ていきませんでした。後《あと》で、倍《ばい》おこられるのはわかっていましたが……。もうすこしだけ。もうちょっと……。おこうは、そのままましゃがんでいました。するとつい、うとうとっとしました。

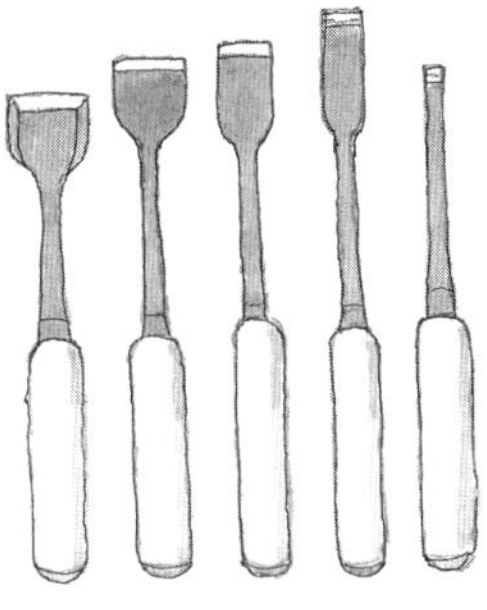

四　渡《わた》り職《しょく》人《にん》弥《や》七《しち》

　とつぜん、椿《つばき》の木《き》の横《よこ》、つまり、建喜《たてき》の入《い》り口《ぐち》に立《た》った人《ひと》がいました。

「ええ、建喜《たてき》の棟梁《とうりょう》さんのところは、こちらでしょうか？」

　おこうがはっとして、椿《つばき》の葉《は》ごみを、そっとかきわけてのぞいてみると、職人風《しょくにんふう》の股《もも》ひきはっぴ姿《すがた》の、若《わか》い人《ひと》でした。道具箱《どうぐばこ》をかついでいるところを見《み》ると、大工《だいく》の職人《しょくにん》でしょう。

「ええ、おたの申《もう》します。こちらは建喜《たてき》さんで？」

　その声《こえ》が仕事場《しごとば》にも聞《き》こえたらしく、正吉《しょうきち》あにさんが出《で》てきて、敷居《しきい》ぎわにきちんとすわりました。

　すると若者《わかもの》は、はしょっていた着物《きもの》のすそをおろし、ぱんぱんとほこりをはらいました。それからちょっと足《あし》を開《ひら》き、中腰《ちゅうごし》になって声《こえ》を張《は》りあげました。

「ええ、おひかえください」

「あんさんこそ、おひかえください」

正吉《しょうきち》あにさんは、膝《ひざ》に手《て》をおいて、ていねいに返事《へんじ》をしました。

「なにとぞ、あんさんから」

「どうぞ、あんさんから」

「ではぶしつけながら、ひかえさせていただきます」

「さっそくおひかえいただき、ありがとうさんでござんす。てまえは、こちらさんと同職《どうしょく》の者《もの》でござんす。生《う》まれは信州《しんしゅう》（いまの長野県《ながのけん》にあたる。信濃《しなの》）、伊那《いな》の在《ざい》、弥七《やしち》と申《もう》します。以後《いご》お見知《みし》りおきのうえ、よろしくおひきまわしくださいませ」

弥七《やしち》と名《な》のった若者《わかもの》は、そういうと頭《あたま》をさげました。

「ごていねいなごあいさつ、おそれいりやしてございます」

これが、職人《しょくにん》たちが交《か》わすあいさつで、仁義《じんぎ》というものです。仁義《じんぎ》は、よどみなく、とうとうとつづきましたが、おこうは、なにをいっているのか、よくわかりませんでした。

いつも無口《むくち》で、あまり愛想《あいそ》のある方《ほう》ではない正吉《しょうきち》あにさんが、これまた、てきぱき返事《へんじ》しているのには、びっくりしました。

仁義《じんぎ》というと、やくざ者《もの》のあいさつと思《おも》いがちですが、もとはといえば、大工《だいく》や左官《さかん》、料理《りょうり》の板前《いたまえ》たちのあいさつで、やくざ者《もの》の連中《れんちゅう》は、それをまねしているのでした。

伊那《いな》の弥七《やしち》は、あいさつがすむと、道具箱《どうぐばこ》をかかえて、

「ごめんなすって」

と、仕事場《しごとば》に入《はい》っていきました。

昔《むかし》は、職人《しょくにん》たちは修業《しゅぎょう》のために、よく旅《たび》に出《で》ました。侍《さむらい》の武者修行《むしゃしゅぎょう》のようなものです。

たとえば、江戸《えど》の職人《しょくにん》は、かならず上方《かみがた》、つまり、京都《きょうと》や大坂《おおさか》(現《げん》・大阪《おおさか》)、奈良《なら》など、西《にし》の方面《ほうめん》に行《い》かされました。上方《かみがた》には、寺院《じいん》をはじめ、有名《ゆうめい》な建物《たてもの》が多《おお》く、その戸障子《としょうじ》、欄間《らんま》、衝立《ついたて》、屏風《びょうぶ》などの細工《さいく》を見《み》るだけでも、いい勉強《べんきょう》になりました。

その旅《たび》のことを、西行《さいぎょう》といい、西行《さいぎょう》に出《で》た職人《しょくにん》のことを、渡《わた》り職人《しょくにん》といいました。もっとも、関西《かんさい》の職人《しょくにん》たちが江戸《えど》に行《い》くこと、あるいは、江戸《えど》の職人《しょくにん》が東北地方《とうほくちほう》に行《い》くことも、西行《さいぎょう》といっていました。

西行《さいぎょう》に出《で》た職人《しょくにん》たちは、街道《かいどう》すじの建具師《たてぐし》のところに点々《てんてん》とよって、一か月《げつ》、長《なが》くて三か月《げつ》くらいおいてもらって、仕事《しごと》を覚《おぼ》えるのでした。

ひろい世間《せけん》には、名人上手《めいじんじょうず》がいるものです。たとえば、喜右衛門《きえもん》のように。若《わか》い職人《しょくにん》たちは、その仕事《しごと》ぶりを見《み》るだけでも、いい修業《しゅぎょう》になるし、あわよくば、名人《めいじん》の秘伝《ひでん》をぬすむことができるかもしれません。

こうやって順々《じゅんじゅん》にわたっていって、もどりも同《おな》じように、点々《てんてん》と修業《しゅぎょう》しながらもどっていきます。

建喜《たてき》の仕事場《しごとば》にも、いろんな人《ひと》がやって来《き》ました。職人《しょくにん》かたぎまる出《だ》しの、一癖《ひとくせ》も二癖《ふたくせ》もある、変《か》わり者《もの》もいました。

「そういうへんくつ者《もの》が、いい仕事《しごと》をするもんだ」

と、正吉《しょうきち》や新吉《しんきち》は、そのうわさをしました。

「ほれ、いつだったかよう。西行《さいぎょう》にやって来《き》た、なんとかいうやつよ。やつはてえしたもんだった。あいつのけずった障子《しょうじ》は、そりゃあ、みごとなもんだった」

「ま、そんな名人《めいじん》は、めったに来《こ》ねえな」

「親方《おやかた》におこられて、とび出《だ》してきたってえのもいたな」

「ああ、そういうやつは、どこ行《い》ってもいいかげんで、なにかあると、すぐいなくなってしまう」

おこうが、椿《つばき》の葉《は》ごみからのぞいた弥七《やしち》は、どんな職人《しょくにん》だったのでしょうか。

「組子《くみこ》が習《なら》いてえと思《おも》いやして」

弥七《やしち》がそういったので、喜右衛門《きえもん》は苦笑《くしょう》しました。

組子《くみこ》、組子《くみこ》というけれど、たいがい、途中《とちゅう》でにげだす人《ひと》が多《おお》かったからです。

なにしろ組子《くみこ》は、一日《にち》かかって手《て》のひらぐらいの大《おお》きさしかできない、きわめて根《こん》のいる手仕事《てしごと》です。ちょいとやって来《き》て、一、二か月《げつ》で行《い》ってしまう渡《わた》り職人《しょくにん》には、とうてい手《て》におえないのでした。

五　桜亀甲《さくらきっこう》

「ねえちゃん、ようくいごくねえ。いつもくるくる、いごいてるもんね」

入《い》り口《ぐち》の板戸《いたど》の桟《さん》をふいていた、おこうの耳《みみ》に、風《かぜ》のように吹《ふ》きぬけていった声《こえ》がありました。

はっとして顔《かお》をあげると、声《こえ》の主《ぬし》は弥七《やしち》で、もうずっと通《とお》りすぎ、裏《うら》の方《ほう》にまがっていくところでした。

おこうは、うれしいのか、はずかしいのか、自分《じぶん》でもよくわかりませんが、ちょっとぼうっとなってしまいました。いままで、だれからも、こんな言葉《ことば》をかけてもらったことなんか、ありませんでしたから。

それでもおこうは、うきうきしている自分《じぶん》に気《き》づくと、「ふん」と鼻《はな》を鳴《な》らしま

した。

弥七《やしち》あにさんたらぁ、まったくう。調子《ちょうし》いいんだから。

けれども、元気《げんき》が出《で》てきて、仕事《しごと》にもはずみがついたのは、ほんとうです。

おこうは、弥七《やしち》の姿《すがた》を追《お》いかけて、わざとほうきを出《だ》してきたり、用《よう》もないのに、仕事場《しごとば》をのぞいたりしました。


いま、建喜《たてき》の仕事場《しごとば》は、とんとん、かんかん、ずーいずいずいと、活気《かっき》のある音《おと》でいっぱいです。

一番弟子《いちばんでし》の正吉《しょうきち》あにさんは、舞良戸《まいらど》といって、横桟《よこさん》の多《おお》いめんどうな板戸《いたど》にかかっていました。鶴見《つるみ》のおくの、末吉村《すえよしむら》からの注文《ちゅうもん》で、

「玄関《げんかん》の戸《と》を」

ということでした。建具職《たてぐしょく》十年《ねん》の、正吉《しょうきち》あにさんならではの仕事《しごと》でした。

二番弟子《にばんでし》の新吉《しんきち》あにさんは、かんなをかけていました。

まだ小僧《こぞう》の幸吉《こうきち》は、ふわふわ出《で》てくるみごとなかんなくずの舞《ま》いに、思《おも》わず見《み》と

れていました。

新吉《しんきち》あにさんは、六尺《しゃく》（約《やく》二メートル）の板《いた》を、うまという台《だい》に立《た》てかけました。きゅっと口《くち》を結《むす》んで、かんなをにらむようにして、二、三歩後《ぽ うし》ろにすさりながら、いっきにけずっていました。

「なに見《み》てる。くずを持《も》っていかんか」

「これ、台所《だいどころ》のたきつけにしたら、もったいないすよ」

「ふん、なにいってる。さっさと持《も》ってけ」

棟梁《とうりょう》の喜右衛門《きえもん》は、どこからかの注文《ちゅうもん》だという、書院障子《しょいんしょうじ》にかかっていました。いちだんとめんどうな、桜亀甲《さくらきっこう》の組子《くみこ》です。

正六角形《せいろっかくけい》を基礎《きそ》とする、麻《あさ》の葉模様《はもよう》の変形《へんけい》ですが、一手《いって》くわえただけで、はなやかな満開《まんかい》の桜《さくら》がならびました。

「弥七《やしち》、弥七《やしち》、おめえ、組子《くみこ》が習《なら》いてえといってたな。どうだ、やってみるか」

棟梁《とうりょう》がすみにすわっていた弥七《やしち》に、声《こえ》をかけました。

「じゃあ、こまづくりから、正吉《しょうきち》といっしょにやってみろ」

「へえ」

「よし。正吉《しょうきち》、仕事《しごと》の段取《だんど》りは？」

「へえ、舞良戸《まいらど》のしあげでやす」

「よし。そいつがかたづいたら、組子《くみこ》のこまづくりをやってくれ。桜亀甲《さくらきっこう》のこまてえのは特別《とくべつ》で、ほかのと寸法《すんぽう》がちがうんで、数《かず》が足《た》んなくなった」

「わかりやした」

「すまねえな、正吉《しょうきち》。じゃあ、弥七《やしち》、正吉《しょうきち》のこまづくりを手伝《てつだ》え」

「へえ」

正吉《しょうきち》は、とのこ（木材《もくざい》を塗装《とそう》するための下処理《したしょり》などにつかう粉《こな》）でみがいていた舞良戸《まいらど》を、壁《かべ》に立《た》てかけて、土間《どま》からあがってきました。

「来《く》るやつ、来《く》るやつ、組子《くみこ》、組子《くみこ》というけんど、たいげえ、途中《とちゅう》で投《な》げだしやがら」

正吉《しょうきち》は、口《くち》のなかでぶつぶついいました。だれにも聞《き》こえないつもりの小声《こごえ》だったのですが、弥七《やしち》には聞《き》こえてしまい、弥七《やしち》は、ちょっと顔色《かおいろ》を変《か》えました。

正吉《しょうきち》としては、おもしろくなかったのです。

渡《わた》りの職人《しょくにん》たちは、西行《さいぎょう》してきて、仕事場《しごとば》に入《はい》りこみ、

「ああ、あそこは、ああやるのか。あれが、秘策《ひさく》てえやつか」

と、やり方《かた》を覚《おぼ》えていきました。

どこの建具屋《たてぐや》でも、得意《とくい》の技術《ぎじゅつ》は秘中《ひちゅう》の秘《ひ》。ぬすまれないよう、よその人《ひと》が来《く》ると、用心《ようじん》してかくすのがふつうでした。

それなのに棟梁《とうりょう》は、はっきり正体《しょうたい》もわからない渡《わた》り職人《しょくにん》に、どんどんやらせます。

それが正吉《しょうきち》にとっては、不満《ふまん》なのでした。

「弥七《やしち》てえやつは、のんびりした面《つら》つきだが、内心《ないしん》はわかんねえ。用心《ようじん》、用心《ようじん》」

と思《おも》っていました。

棟梁《とうりょう》が、すぐわきで桜亀甲《さくらきっこう》を組《く》んでいますから、正吉《しょうきち》も、ていねいに教《おし》えるふりをしました。

「組子《くみこ》のこまてえのは、良質《りょうしつ》の木曾檜《きそひのき》でさ。なかでも、組子《くみこ》につかうのは、芯《しん》に近《ちか》い、やっこい上等《じょうとう》なところだ。ちょうどここに、欄間用《らんまよう》につくってある枠《わく》がある。亀甲《きっこう》がつづくように、桟《さん》が組《く》んであるだろう。このひとつひとつのすきまに、こま

をはめこんでいくんだ。図柄《ずがら》によって、こまの長《なが》さとか、両端《りょうはし》の角度《かくど》がちがう。こ
こをちゃんと計算《けいさん》してつくれ。きちっと測《はか》んねえと、枠《わく》におさまらねえぞ」
現在《げんざい》は、麻《あさ》の葉《は》かんなとかいう、細《こま》かいこまをつくるかんなも開発《かいはつ》されて、一度《いちど》
に何個《なんこ》も、正確《せいかく》なこまができます。
でも、喜右衛門《きえもん》や正吉《しょうきち》のころは、そんな便利《べんり》な道具《どうぐ》はありません。とんでもなく
細《こま》かい計算《けいさん》をし、注意深《ちゅういぶか》くけずっても、なかなか合《あ》いませんでした。
「おめえさん、このこまはいけねえよ。このこまは、いちばん大事《だいじ》なはなごまだ。
木《き》のいちばんいいとこでこしらえんだ。この木《き》じゃだめだ」
「……」
弥七《やしち》は自分《じぶん》のそろえたこまと、正吉《しょうきち》あにさんのこまとを、見《み》くらべました。同《おな》じ
檜《ひのき》です。弥七《やしち》が、不服《ふふく》そうに口《くち》をとがらせたのを見《み》ると、正吉《しょうきち》は、またどなりま
した。
「同《おな》じ木《き》でもよ。木《き》の中心《ちゅうしん》と外《そと》っ側《かわ》とじゃちがう。外《そと》っ側《かわ》も、日《ひ》なたか日《ひ》かげかで、
またちがう。そいつをいっしょにつかえば、すぐくるってくらあ」

いつもむっつりの正吉《しょうきち》あにさんのどなり声《ごえ》に、弥七《やしち》ばかりでなく、仕事場中《しごとばじゅう》がしんとなりました。

「おめえ、信州《しんしゅう》の出《で》といったな。檜《ひのき》の本場《ほんば》じゃねえか。なのに、木《き》をちゃんと見《み》てねえな」

いくらなんでも、こうがみがみいわれたんじゃ、世慣《よな》れた渡《わた》り職人《しょくにん》でも、つらいものがあったでしょう。そうでなくても、弥七《やしち》は細《こま》かい作業《さぎょう》は苦手《にがて》でした。

「おめえは、組子《くみこ》に向《む》いてねえな」

必死《ひっし》になっている弥七《やしち》に、正吉《しょうきち》は冷《つめ》たくいいました。

六　鰺《あじ》のたたき

五月《がつ》。海《うみ》に向《む》かって、山《やま》から吹《ふ》きおろしてくる風《かぜ》は、青葉《あおば》、若葉《わかば》のにおいがしました。

そんなある夕方《ゆうがた》、浜《はま》に着《つ》く舟《ふね》、着《つ》く舟《ふね》、どれも鰺《あじ》の山《やま》もり、大漁《たいりょう》のしるしの旗《はた》もひるがえって、勢《いきお》いよく入《はい》ってきました。

この季節《きせつ》、鰺《あじ》は産卵《さんらん》のため、岸《きし》に近《ちか》づいてきます。どうかすると、いく組《くみ》もの群《む》れが重《かさ》なるのか、海面《かいめん》が見《み》えないくらい。網《あみ》を流《なが》すだけで、たいした苦労《くろう》もなく、とれて、とれて、とれて。

もっとも、とれすぎても始末《しまつ》にこまるそうで、値段《ねだん》が安《やす》くなりすぎることを、「鰺《あじ》だおれ」といいました。

そんなとき、漁師《りょうし》は、ふだん世話《せわ》になっている家《いえ》の台所《だいどころ》に、持《も》っていきます。建《たて》喜《き》の台所《だいどころ》にも、大《おお》かごいっぱいとどき、その鰺《あじ》がかごからとび出《だ》し、土間中《どまじゅう》ぴんぴんはねまわりました。

よその鰺《あじ》は背《せ》が黒《くろ》っぽいのにくらべ、このへん、つまり、江戸湾《えどわん》の湾岸《わんがん》に入《はい》ってくる鰺《あじ》は、明《あか》るい色《いろ》で、いくらかうすめです。腹《はら》は白《しろ》く、そのさかい目《め》のあたりに、金色《きんいろ》のすじがあります。

背《せ》が黒《くろ》いのは、空《そら》から見《み》た海《うみ》の色《いろ》です。腹《はら》が白《しろ》っぽいのは、海《うみ》の底《そこ》から見《み》あげた色《いろ》で、つまり保護色《ほごしょく》になっていました。

「いまどきの鰺《あじ》がうまいのは、わかってるさ。でも、夕飯《ゆうはん》の膳立《ぜんだ》てができてっから、どさっとおいてかれてもねえ」

おかみさんは、わざと顔《かお》をしかめました。

「いまからじゃ、鰺《あじ》のすしは間《ま》に合《あ》わないよ。ま、半分《はんぶん》は塩《しお》をして、酢《す》でしめて、あしたはおしずしだけんどよ。今夜《こんや》は、とりあえずたたきにしよう。大盤《おおばん》ぶるまいでいくか」

このへんのおかみさん連《れん》は、鯵《あじ》のおしずしが得意《とくい》で、めいめいちょっとした工夫《くふう》などして、食《た》べくらべるのが習慣《しゅうかん》になっていました。

「ちょいと、味《あじ》をみてくんない」が、おかみさんづきあいでした。

「おこう、おこう。畑《はたけ》に行《い》って、しょうが、四、五本引《ひ》いといで」

「はーい」

台所《だいどころ》のうかれ気分《きぶん》は、おこうにも移《うつ》ったのか、おこうは、はねるようにとび出《だ》していきました。

しょうがをにぎって引《ひ》っぱると、つんとしたにおいがし、根《ね》のつけ根《ね》の紅紫色《あかむらさきいろ》がきれいでした。

おこうがふと目《め》をあげると、弥七《やしち》が畑《はたけ》のすみの柿《かき》の木《き》によりかかって、夕《ゆう》なずむ空《そら》を見《み》あげていました。

いつもの弥七《やしち》とちょっとちがって、なんだか、肩《かた》を落《お》としているように見《み》えました。夕方《ゆうがた》の陽《ひ》がかげっているせいか、顔色《かおいろ》もさえません。

「あのう……、どっか、具合《ぐあい》でも悪《わる》いんじゃないですか?」

「うん？　あ、ねえちゃんか。なぜだい？」

おこうが声《こえ》をかけると、弥七《やしち》は、つくったような笑顔《えがお》を向《む》けました。

実《じつ》は、仕事場《しごとば》で弥七《やしち》が、組子《くみこ》をやらされたということは、台所《だいどころ》のみんなにも知《し》れわたっていました。

「棟梁《とうりょう》がすいすい、こまをうめてく手《て》つきを見《み》てると、なんでもなく見《み》えるけどさ、はじめての人《ひと》には、苦労《くろう》なんだよ」

「棟梁《とうりょう》はあのとおり、仏《ほとけ》の棟梁《とうりょう》だ。うるさいことはいわないさ。正吉《しょうきち》あにさんに、がんがんやられてるみたいだね」

台所《だいどころ》の女子衆《おなごし》たちが、しゃべっていたのを、おこうは聞《き》いていました。

弥七《やしち》あにさん、うまくいかなかったんだ。おこうは、なぐさめるつもりでいってみました。

「弥七《やしち》あにさん、いつもの元気《げんき》がないみたいですね」

「そうか？」

「すみません。変《へん》なこといって」

「おら、元気《げんき》ねえみてえか？　なんでもねえよう」

その調子《ちょうし》もわざとらしい。いつものあにさんとちがう。ああ、やっぱり、おかみさんがいってたように、組子《くみこ》に往生《おうじょう》してるんだ。

「ねえ、あにさん、今晩《こんばん》、鯵《あじ》のたたきだよ。食《た》べたいだけ食《た》べていいんだって。いまの鯵《あじ》、うまいんだからあ」

「お、そうかい。そいつは元気《げんき》が出《で》るな」

弥七《やしち》がやっと、すこしだけ、いつもの調子《ちょうし》を見《み》せました。


さて弥七《やしち》は、決《き》まりどおり三か月《げつ》たつと、あいさつをして出《で》ていきました。つぎは、小田原《おだわら》の建具屋《たてぐや》に行《い》くそうで、喜右衛門《きえもん》は紹介状《しょうかいじょう》と、旅費分《りょひぶん》のおひねり（お金《かね》を紙《かみ》につつんでひねったもの）をわたしていました。

「鯵食《あじた》べほうだいは、弥七《やし》っつぁんのお別《わか》れ会《かい》になったな」

正吉《しょうきち》あにさんがいうと、弥七《やしち》は、

「へえ、ここは極楽《ごくらく》だ。でもよう、おらにゃ組子《くみこ》ってえのがね、ちいっと無理《むり》だった」
苦笑《くしょう》しながらそういい、深々《ふかぶか》と頭《あたま》をさげました。

七　千太郎《せんたろう》のお目見得《めみえ》

文化《ぶんか》十年《ねん》（一八一三年《ねん》）、春《はる》。おこうが建喜《たてき》に来《き》て、一年《ねん》がたちました。

おこられ、どなられも、少《すく》なくなりました。

ある日《ひ》、女子衆《おなごし》のやえが、

「おこう、生麦《なまむぎ》のおとっつぁんが来《き》てるよ。裏《うら》、裏《うら》……井戸《いど》んとこ」

と、台所《だいどころ》にいるおこうを、呼《よ》びにきました。

おこうが手《て》をふきふき、裏《うら》に出《で》てみると、井戸《いど》の横《よこ》に、おとっつぁんの万三《まんぞう》がいました。

建喜《たてき》への手《て》みやげのつもりでしょうか、かごいっぱいのアサリを持《も》ってきていて、それに、つるべの水《みず》を、ざあっとかけていました。

生麦《なまむぎ》は、鶴見《つるみ》よりもうひとつ浜《はま》よりの漁師町《りょうしまち》で、アサリがよくとれました。

ここから、何町《なんちょう》(数百《すうひゃく》メートル)とはなれていないのに、村《むら》ざかいを越《こ》すと、とたんに道《みち》が、くだいた貝《かい》がらで白《しろ》くなっているほどです。アサリの貝《かい》のからが、舗装《ほそう》がわりになっているのでした。

このところいそがしくて、おこうは外《そと》に出《だ》してもらえませんでした。もちろん、生麦《なまむぎ》の貝《かい》がらをしいた道《みち》も、もうまる一年以上《ねんいじょう》ふんでいません。だから、おとっつぁんの持《も》ってきた、アサリの潮《しお》くさいにおいがなつかしく、目《め》がくらみそうになってしまいました。

「どうでえ、おこう。ご奉公《ほうこう》は、うまくいってるけ？　こんだあ、千太郎《せんたろう》の野郎《やろう》も、いっちょう仕込《しこ》んでもらうべと思《おも》ってよ」

「なんだって？」

いわれてはじめて、弟《おとうと》の千太郎《せんたろう》が、おとっつぁんの後《うし》ろにかくれるようにして立《た》っているのに、気《き》がつきました。

「こちらさんにはよ、ねえちゃん、おまえもいっからよ。千《せん》の野郎《やろう》も、心《こころ》じょうぶと思《おも》ってよ」

「なんだって？　千《せん》ちゃんが、どうかしたの？」

「だからよ。こいつも、こちらさんにおねげえにきたっつうわけよ」

「千《せん》ちゃん、建具屋《たてぐや》にするつもり？　千《せん》ちゃん、なりたいっていったの？」

「そんなふんべつが、こいつにあっかよ」

「千《せん》ちゃん、あたいより四歳《よっつ》、年《とし》が下《した》だったよねえ」

やせていて、目《め》ばかりぎょろっと大《おお》きな弟《おとうと》を見《み》ると、この小《ちい》さな子《こ》が……と、おこうは、なみだが出《で》そうになりました。

のこぎりやかなづちを持《も》たせるより、棒《ぼう》っきれを持《も》って、浜《はま》をかけまわっている方《ほう》が、まだ似合《にあ》う年《とし》ごろです。ほんとうに、かけまわっていたところをつかまえて、連《つ》れてきたような感《かん》じでした。

おこうは、自分《じぶん》だって、ここの奉公《ほうこう》がつとまるかどうか、いつも不安《ふあん》でいるのに、またまた、もうひとつ心配《しんぱい》のもとが増《ふ》える気《き》がしました。

おこうが、十歳《とう》で建喜《たてき》に来《き》たときでさえ、

「もう二年《ねん》くらいしてから、連《つ》れてこい」

といわれたのです。おこうは思《おも》わず、

「千《せん》ちゃん、まだ七歳《ななつ》じゃないか。いくらなんでも……」

とつぶやいてしまいました。

「ばかやろう。職人《しょくにん》てえのは、こんくれえから仕込《しこ》まなきゃ、ものになんねえんだ。こちらさんにいて、わかってんだろうが。そんでなくったって、体慣《からだな》らしに、一年《ねん》や二年《ねん》、すぐたっちまわ。なに見《み》てやがんだ」

おこうは、ああ、あのときもあたいは、この親《おや》からすてられたような、心細《こころぼそ》い思《おも》いがしたっけと、思《おも》い出《だ》しました。いやいや、この親《おや》のところにいたって、いいことはなさそうだ。でも、いざ来《き》てみると、建喜《たてき》の台所《だいどころ》も、そうそういいことなんか、ありませんでした。

かわいそうにねえ、今度《こんど》は千《せん》ちゃん、おまえの番《ばん》か。もうちっとは、手元《てもと》においてやりゃあいいのに。

「こいつも、物心《ものごころ》つく年《とし》ごろよ。百姓《ひゃくしょう》のまねばっか、させらんねえやね。手《て》に職《しょく》をつけてやんのは、いってみりゃ、親《おや》の情《なさけ》ってもんだ」

「鬼《おに》！　鬼《おに》だよ、おとっつぁんは」

「このやろう。それが、親《おや》に向《む》かっていうせりふか。よっく口《くち》がまがんねえもんだ」

ふん、親《おや》らしいことしてくれたこと、あったたんかねえと、おこうも負《ま》けずに口《くち》をとがらしました。

このおとっつぁんに、くってかかれるのは、おこうだけでした。おっかさんにしても、千太郎《せんたろう》にしても、なにかいわれると、引《ひ》っこんでしまうのでした。

これはなにも、万三《まんぞう》に限《かぎ》ったことではありませんでした。この時代《じだい》の親《おや》ときたら、子《こ》どもをかってに処分《しょぶん》――たとえば、娘《むすめ》を人買《ひとか》いにわたすなど、めずらしいことではありませんでした。

しかしおこうは、たぶんまだ、ばくぜんとしたものだったでしょうが、親《おや》の身《み》がってがゆるせなかったのでした。

おとっつぁんの方《ほう》では、たてつくおこうの気持《きも》ちが、まったく理解《りかい》できませんでした。

向《む》こうっ気《け》が強《つよ》いのは、女《おんな》として、これから生《い》きていくうえには、損《そん》なだけじゃないか。女《おんな》なんて、右向《みぎむ》いてろっていわれたら、二年《ねん》でも三年《ねん》でも、右向《みぎむ》いてりゃいいんだ。へたに、自分《じぶん》の運命《さだめ》に不服《ふふく》なんて持《も》っちゃあ、不幸《ふしあわ》せになるばっかよ。このおこうの気性《きしょう》を、たたき直《なお》してやんなきゃ。本人《ほんにん》のためだ。

そこで万三《まんぞう》は、おこうが口《くち》ごたえすると、なんとも大《おお》げさに、

「神《かみ》も照覧《しょうらん》あれ（神様《かみさま》、ご覧《らん》ください）」

とさけんで、親《おや》の大義《たいぎ》で責《せ》めせっかん（こらしめること。おしおき）、というのが、いつもの順序《じゅんじょ》になっていました。

千太郎《せんたろう》は上目《うわめ》づかいで、ちらりちらりと、つんけんしているねえちゃんをうかがっていました。

ねえちゃんは、ちっとも変《か》わってねえ。いいかげん、口《くち》ごたえすんのやめりゃいいんだ。へえ、へえっていってりゃ、すむものをさ。いちいち逆《さか》らうんだもの。おとっつぁんはじれだして、よけいかっかするじゃないか。

さすがに、喜右衛門《きえもん》は首《くび》をかしげました。

「こんなちっこい子《こ》に、やってもらう仕事《しごと》はないなあ」

「いえ、どうか、つかいっ走《ぱし》りでもなんでも」

喜右衛門《きえもん》やおかみさんがどう思《おも》おうと、ねえちゃんがいやがろうと、千太郎《せんたろう》は、おいていかれることになりました。

桜亀甲《さくらきっこう》

八 ◈ 千《せん》太《た》郎《ろう》の仁《じん》義《ぎ》

おとっつぁんが帰《かえ》っていくと、おこうは千《せん》太《た》郎《ろう》に聞《き》いてみました。

「なんだって、建具職人《たてぐしょくにん》になりたいなんて、思《おも》ったんだよう」

「……」

「ほかに行《い》くとこ、いっくらでもあるじゃないか」

一日中《いちにちじゅう》みんなから、おこう、おこうとこきつかわれたり、ねちねち小言《こごと》をいわれたりするところなんか、身内《みうち》に見《み》られたくありません。それに、千《せん》太《た》郎《ろう》がそんな目《め》にあって、なみだをこぼすところなんか見《み》るのは、もっとつらいにちがいありません。ああ、いやだ、いやだ。

「ま、来《き》ちゃったもんはしょうがないか。いいかい、千《せん》ちゃん、本気《ほんき》をお出《だ》し。建《たて》具屋《ぐや》ってね、おてんとさまと米《こめ》のめしがついてまわるんだって、みんな、いってるよ」

とにかく、千太郎《せんたろう》が、ちゃんと職人《しょくにん》になってくれなければ。そのために、あたいも手《て》を出《だ》して、助《たす》けてやんなきゃ。

おこうは、前《まえ》かけのはしをちょっと、自分《じぶん》の舌《した》でしめらせ、千太郎《せんたろう》の頰《ほお》をきゅっとふいてやりました。痛《いた》かったのか、千太郎《せんたろう》が顔《かお》をしかめてそらすと、おこうはもう一方《いっぽう》の手《て》で、ぐっと引《ひ》きもどしました。

「ばかだねえ。お目見得《めみえ》んときくらい、顔《かお》を洗《あら》ってくるもんだよ」

「……」

「それから千《せん》ちゃん、おまえ、仁義知《じんぎし》ってるね？」

「えっ？」

「仁義《じんぎ》だよ」

「……」

「棟梁《とうりょう》さんとか、仕事場《しごとば》のあにさんたちに、あいさつするのが、仁義《じんぎ》じゃないか」

おこうは、弥七《やしち》のやったあのあいさつが、わすれられませんでした。千《せん》ちゃんもあれをしなきゃ。

「いいかい。戸口《とぐち》んとこで草履《ぞうり》をぬいで、きちんとすわる。『ええ、てまえは同職《どうしょく》の者《もの》でござんす。棟梁《とうりょう》さんにお目《め》にかかりたくてうかがいました』。棟梁《とうりょう》さんが出《で》てきなすったら、『てまえは、なんのたれべえでござんす』だよ。ね、これが仁義《じんぎ》だよ。いえるね」

「……」

千太郎《せんたろう》の顔《かお》が、心配《しんぱい》そうにひきつりました。

「い、いえねえ」

「ばかだねえ、大事《だいじ》なことなのにさ」

「なんのたれべえって、なんだよ。おらわかんねぇよ」

「ふん、ばぁか。生麦《なまむぎ》の千太郎《せんたろう》でござんす、でいいんだってば」

おこうは、いまにも泣《な》きだしそうに顔《かお》をゆがめている千太郎《せんたろう》を、にらみつけました。

「おまえ、弱虫《よわむし》の泣《な》き虫《むし》、ちっとも治《なお》ってないね。なんかあると、『おっかちゃーん』だったもんね。ここじゃ、それは通《とお》んないよ。ちゃんとあいさつができれば、みんなにばかにされないですむのにさ。ほんとにばかだったら。ああ、じれったいねぇ」

「……」

「いってごらん。てまえは、武蔵国橘樹郡生麦村《むさしのくにたちばなごおりなまむぎむら》の千太郎《せんたろう》と申《もう》します。ほらっ、てまえは……」

「て、てまえは」

「声《こえ》が小《ちい》さい。武蔵国《むさしのくに》」

「む……武蔵国《むさしのくに》」

「橘樹郡《たちばなごおり》」

「た、た、たちばな……たちばな」

「ごおりっ」

「ごおり」

「生麦村《なまむぎむら》の千太郎《せんたろう》と申《もう》します」

「……と申《もう》します」

「ごまかさない。ちゃんとはっきりいいなよ。さ、はじめっから、もう一回《かい》」

「……」

「ふん、情《なさ》けないったらありゃしない。さ、千太郎《せんたろう》、こっち、こっち」

おこうは、仕事場《しごとば》の入《い》り口《ぐち》にぺたっとすわりました。そして千太郎《せんたろう》を引《ひ》きすえ、つつきます。

「おじぎ、おじぎ」

「あのう、お、おら千太郎《せんたろう》っす。ええと、ええと……」

いらいらしたおこうは、声《こえ》を張《は》りあげました。

「ええ、これは武蔵国橘樹郡生麦村《むさしのくにたちばなごおりなまむぎむら》の千太郎《せんたろう》と申《もう》します。やっと物心《ものごころ》ついてきて、そうそう百姓《ひゃくしょう》のまねばかりさせていられません。棟梁《とうりょう》さん、仕事場《しごとば》のあにさん方《がた》、どうかよろしくお願《ねが》い申《もう》しあげます」

喜右衛門《きえもん》も、その後《うし》ろで木《き》をけずっていた正吉《しょうきち》はじめ職人《しょくにん》たちも、あっけにとら

れて顔《かお》を見合《みあ》わせ、それからいちように笑《わら》いをこらえる顔《かお》になりました。

ねえさんぶって、むきになって、高《たか》っ調子《ちょうし》にいいきったおこうの仁義《じんぎ》は、だいぶ長《なが》いこと、建喜《たてき》の仕事場《しごとば》の笑《わら》いの種《たね》になりました。

九　ナスの苗《なえ》

「千太郎《せんたろう》、なにもやってもらう仕事《しごと》はねえなあ。ま、とうぶんは、あにさんたちの仕事《しごと》を見《み》てろ」

棟梁《とうりょう》の喜右衛門《きえもん》は、のんびり、そういいました。

「あ、棟梁《とうりょう》、ナスの苗《なえ》が、ゆんべとどきました。そいつを、この子《こ》に植《う》えてもらいやしょう」

正吉《しょうきち》あにさんがいいました。

「千太郎《せんたろう》にできるか？　ここの一夏《ひとなつ》のおかずだぞ。よし、幸吉《こうきち》、おまえもいっしょにやれ。千太郎《せんたろう》は、それを手伝《てつだ》え」

建喜《たてき》の地所《じしょ》は、たいしたひろさではありませんが、すこしは米《こめ》をつくる田《た》もありました。そのほか、少々《しょうしょう》の麦畑《むぎばたけ》と、ナス、サトイモ、エンドウの畑《はたけ》もありました。

とうぜん、職人《しょくにん》たちは手分《てわ》けしてたがやしたり、肥料《ひりょう》をかけたりしなくてはなりません。その仕事《しごと》は、見習《みなら》いの小僧《こぞう》の仕事《しごと》でした。

ナスの苗《なえ》は、苗床《なえどこ》のままとどき、台所《だいどころ》の土間《どま》においてありました。もう茎《くき》をのばし、本葉《ほんば》が出《で》ているのもあり、葉《は》のすじはナスらしく、紫色《むらさきいろ》をしているのでした。

ナスを植《う》える予定《よてい》の畑《はたけ》は、何日《なんにち》か前《まえ》に深《ふか》くたがやしてあり、裏《うら》の林《はやし》の落葉《おちば》を積《つ》みあげてつくった腐養土《ふようど》や、肥料《ひりょう》を、しっかり入《い》れてありました。

「ナス、植《う》えたことあっか?」

幸吉《こうきち》が、千太郎《せんたろう》をふり返《かえ》って聞《き》きました。

「ね、ねえっす」

「げけけけけ……。ねえか。よし、おいらが五寸《すん》(約《やく》十五センチメートル)おきにおくからよ。根《ね》を土《つち》にさして、土《つち》かけな。そんくれえできんべ?」

「できっす」

ナスは植《う》えたことはなかったけど、ダイズとかサトイモの苗《なえ》は、手伝《てつだ》ったことがありました。その要領《ようりょう》でだいじょうぶでしょう。

「ちゃんとまがんねえよう、土《つち》かけんだど。根《ね》がひんまがると、うまくねえ」

「へえ」

一列《れつ》にならんだナスの苗《なえ》は、この温気《うんき》と、千太郎《せんたろう》の手《て》でもみくちゃにされ――本《ほん》人《にん》はもみくちゃにしたつもりはありませんでしたが――ちょっとくたびれて、くたんとなっていました。

「あ、おめえ、水《みず》、水《みず》。水《みず》かけな。水《みず》は朝晩《あさばん》かけんだぞ。そんとき、葉《は》の裏《うら》調《しら》べて、虫《むし》がいたらつぶすのよ。たのんだど。新入《しんい》り」

幸吉《こうきち》はきのうまで、いちばんの下《した》っぱでした。でもきょうから、子分《こぶん》のいる兄弟《あにで》子《し》です。うれしくって、なにを見《み》てもけたけた笑《わら》いました。

千太郎《せんたろう》は、その変《へん》な調子《ちょうし》の笑《わら》い声《ごえ》に、いつになっても慣《な》れませんでした。夢《ゆめ》に出《で》てくるくらいでした。悪《わる》いやつじゃねえと思《おも》うけんどよう。生麦《なまむぎ》の浜《はま》の仲間《なかま》には、いねえかったな。世《よ》の中《なか》にゃ、いろんな人《ひと》がいんだなあ。

ある日《ひ》、畑《はたけ》の真《ま》ん中《なか》で、千太郎《せんたろう》がどろだらけになって、すわりこんでいました。

おこうはびっくりして、かけつけました。

「ど、どうしたんだい。千《せん》ちゃん」

おこうの声《こえ》を聞《き》くと、千太郎《せんたろう》はしゃくりあげました。生麦《なまむぎ》にいたときと、ちっとも変《か》わりません。ねえちゃんを見《み》て、もうすこしで「おっかちゃーん」といいそうな顔《かお》でした。

「幸吉《こうき》っつぁんと、なんかあったんけ？」

「ううん」

「じゃ、どうしたのさ」

「水《みず》まいてて、転《ころ》んだ。桶《おけ》が重《おも》くて、持《も》ちあがんねえ。桶《おけ》にけつまずいて、水《みず》かぶっちまった」

「ああ、水《みず》の桶《おけ》ねえ。重《おも》いもんねえ。あたいも泣《な》かされたっけ」

おこうは胸《むね》が痛《いた》くなりました。ああ、今度《こんど》は千《せん》ちゃんの番《ばん》か。ああ、かわってやりたい。あたいが守《まも》ってやんなきゃ。手伝《てつだ》ってやっか。

ああ、でもだめ、だめ。これをやんなきゃ、職人《しょくにん》になれないんだから。

「千《せん》ちゃん、おまえという人間《にんげん》は、建具《たてぐ》の職人《しょくにん》になるためにきたんだろ。百姓《ひゃくしょう》やりに奉公《ほうこう》にきたわけじゃないだろう。畑《はたけ》の仕事《しごと》が終《お》わったら、仕事場《しごとば》にお行《い》き。畑《はたけ》にすわってちゃ、いけないよ。あにさんたちの仕事《しごと》を、ちゃんと見《み》てな」

実《じつ》は千太郎《せんたろう》は、ついさっきまで、仕事場《しごとば》のすみに正座《せいざ》していました。そして、職《しょく》人《にん》たちのかんなかけや、のこぎりひき、ほぞけずりなどを見《み》ていました。

ところが、ついうとうとっとなりました。すると、あにさんたちに、

「おい、千《せん》。ここにおいた、かなづちが見《み》えねえぞ」

「千《せん》、さしがね、さしがね。どこやった？」

「のみっ、やい、のみを出《だ》せ」

と、からかわれるのでした。外《そと》にとび出《だ》して、ぼんやりしたくもなるではありませんか。

しかし、仕事場《しごとば》から外《そと》に出《で》ると、かならずどこかで見《み》はっている（としか思《おも》えない）ねえちゃんがやって来《き》て、千太郎《せんたろう》をどなりつけるのでした。

千太郎《せんたろう》にしてみれば、仕事場《しごとば》のあにさんたちより、身内《みうち》のねえちゃんの方《ほう》が、こわかったのでした。

仏《ほとけ》の棟梁《とうりょう》といわれているかなにか知《し》りませんが、千太郎《せんたろう》にしてみれば、建喜《たてき》での生活《せいかつ》は、鬼《おに》が島《しま》にほうりこまれたようなもんです。そのうえ、ねえちゃんにちくちくやられたんじゃ、やりきれません。

おこうはなんとか、この千太郎《せんたろう》に、はやく一人前《いちにんまえ》の職人《しょくにん》になってもらおうと、気《き》をつかっているのですが、千太郎《せんたろう》には通《つう》じません。

おこうは、仕事《しごと》が終《お》わった夜《よる》の四《よ》つ時《どき》(午後《ごご》十時《じ》ごろ)、横丁《よこちょう》のお稲荷《いなり》さんに行《い》っていました。

「どうか、千太郎《せんたろう》が修業《しゅぎょう》をちゃんとやっていけますよう、お守《まも》りください」

千太郎《せんたろう》は、ねえちゃんの稲荷詣《いなりまい》りも、ぜんぜん知《し》りませんでした。

十　新入《しんい》り亀《かめ》ちゃん

千太郎《せんたろう》の仕事《しごと》は、畑仕事《はたけしごと》か、または、あにさんのつかいっ走《ぱし》りでした。でも、あんまりいやだとは思《おも》いませんでした。

朝暗《あさくら》いうちに起《お》こされるのだけは、つらかったのですが、幸吉《こうきち》だって、起《お》きるのはつらそうです。みんな同《おな》じとわかってからは、度胸《どきょう》を決《き》めました。

ただ、雑用《ざつよう》ばかりしていると、ねえちゃんにいやみをいわれました。千太郎《せんたろう》は、そっちの方《ほう》がいやでした。

「おまえという人《しと》は、職人《しょくにん》になりにきたんだよ。その気《き》になれないもんかねえ。つかいっ走《ぱし》りで終《お》わっちゃうよ」

「いいよ。それで」

「なんだって?」

ねえちゃんは、きいっと千太郎《せんたろう》をにらみつけました。

「あにさんのおつかいばっか、へいこらへいこらして」

「だって、それがおらの仕事《しごと》だって。正吉《しょうきち》あにさんにいわれた」

このあいだ、正吉《しょうきち》あにさんのおつかいをしたら、お駄賃《だちん》をくれました。千太郎《せんたろう》は、そんなことはじめてだったもんで、びっくりして、思《おも》わず、あにさんの顔《かお》を見《み》あげてしまいました。

「ばーか、なにをぼうっとしてる。はやく、ふところにしまっちまえ。あめ玉《だま》買《か》うくれえしかねえよ」

「あめ玉《だま》? そ、そんな、もったいねえっす。なめたらなくなっちゃう」

「なんでもいいや。おめえの欲《ほ》しいものを買《か》えばいい」

なにが欲《ほ》しいのか、千太郎《せんたろう》は自分《じぶん》ではわかりません。考《かんが》えて、考《かんが》えて……。結局《けっきょく》、行《い》った先《さき》は、大通《おおどお》りの雑貨屋《ざっかや》の、駄菓子《だがし》の棚《たな》の前《まえ》でした。

そこでも、あれかこれか迷《まよ》いました。

一度《いちど》つまんでみたものの、そのとなりの方《ほう》がもっとうまそうで、それをとりあげると、今度《こんど》は、そのまた横《よこ》のに目移《めうつ》りする、といった具合《ぐあい》でした。

店番《みせばん》のおばあさんから、

「さっさと決《き》めなよ、あんちゃん。売《う》りものなんだよ。いじくりまわされちゃ、こまるんだよね」

といわれました。

結局《けっきょく》、大《おお》つぶの一里玉《いちりだま》にしました。口《くち》にほうりこむと、一里《り》（約《やく》四キロメートル）歩《ある》くあいだ、なくならないという、大玉《おおだま》のあめです。口《くち》に入《い》れると、あまさが口《くち》いっぱい。こんなうめえもんが世《よ》の中《なか》にあったんかと、じいんとなりました。

建喜《たてき》まで帰《かえ》ってくると、正吉《しょうきち》あにさんにどなられました。

「どこほっつき歩《ある》いてたんだよう。おめえ、そうじの途中《とちゅう》だったんでねえのけ？」

千太郎《せんたろう》は思《おも》わず、口《くち》のなかにまだたっぷりある一里玉《いちりだま》を、のみこんでしまいました。大《おお》きくて、なかなか喉《のど》を通《とお》りません。それにもったいなくて、なんとかはき出《だ》したいのですが、正吉《しょうきち》あにさんの前《まえ》では、それもできません。苦《くる》しくて、息《いき》が止《と》まりそうになりました。

「ばーか」

正吉《しょうきち》あにさんは笑《わら》いながら、千太郎《せんたろう》の背中《せなか》をぽんぽんとたたいてくれ、あめは口《くち》にもどったものの、なみだの方《ほう》が出《で》てしまいました。

奉公《ほうこう》に出《で》ると、ふつう、奉公人《ほうこうにん》には、給料《きゅうりょう》などが、しはらわれることはありませんでした。そのかわり、奉公先《ほうこうさき》の主人《しゅじん》が、着《き》るもの、食《た》べるもの、ねとまりする場所《ばしょ》など、衣食住《いしょくじゅう》のいっさいのめんどうを、見《み》てくれたのです。千太郎《せんたろう》が、正吉《しょうきち》あにさんから、思《おも》いがけずお駄賃《だちん》をもらったことが、どれほどうれしかったか、想像《そうぞう》がつくでしょう。


秋《あき》になり、建喜《たてき》にまたひとり、弟子入《でしい》りがあるそうだと、台所《だいどころ》の女子衆《おなごし》たちがうわさしていました。おこうはそれを聞《き》くと、千太郎《せんたろう》のところに飛《と》んでいきました。

「ね、千《せん》ちゃん、聞《き》いた？　よかった、よかった。おまえここに来《き》て、半年《はんとし》もたってないよね。それなのに、もうつかいっ走《ぱし》りはおしまいだよ。新入《しんい》りが来《く》るんだってさ。なんだよう、もっとうれしそうな顔《かお》しなよ」

職人《しょくにん》は、一日《にち》でも入《はい》ってくるのがおそいと、その新入《しんい》りが弟分《おとうとぶん》になります。

つぎの日《ひ》、おこうはまた、千太郎《せんたろう》にいいました。

「その子《こ》さ、九歳《ここのつ》なんだと。てえことは、千《せん》ちゃんより上《うえ》だよ。そうなると、うまくいかないかもしんないね」

ふたりにとって、いえ、仕事場《しごとば》の職人《しょくにん》たちや台所《だいどころ》の女子衆《おなごし》たちにとっても、見こみちがいだったのは、年《とし》のことばかりではありませんでした。

やって来《き》たのは、なんと、川崎宿《かわさきじゅく》の建具屋《たてぐや》、建留《たてとめ》の子《こ》でした。亀吉《かめきち》、九歳《さい》です。

建喜《たてき》にとっては、近場《ちかば》の同業《どうぎょう》として、仕事《しごと》の相談《そうだん》から、弟子《でし》のあずかりっこなんかもする、仲間《なかま》づきあいだったのです。

おかみさんなんか、

「亀《かめ》ちゃんが来《き》てくれる。亀《かめ》ちゃんが、うちに来《く》るんだとさ」

と、親類《しんるい》の子《こ》でもあずかるようなあんばいでした。

「ついてないよね、千《せん》ちゃん」

「……」

「そういう子《こ》って、たいがい自分《じぶん》かってでさ、こわいもん知《し》らずなもんだよ」

そうしてやって来《き》た亀《かめ》ちゃんというのが、まったくそのとおりで、建喜《たてき》でいちばんえらい棟梁《とうりょう》の喜右衛門《きえもん》に向《む》かって、平気《へいき》で、

「建喜《たてき》のおじさん、おら、一通《ひととお》りの道具《どうぐ》あつかえます。なにかやらしておくんなせえ」

などと、そっくり返《かえ》っていうのでした。

「ま、急《いそ》ぐこたあねえやね。よその仕事場見《しごとばみ》んのも、勉強《べんきょう》だ。いい具合《ぐあい》によ、いま、新《あたら》しい組子細工《くみこざいく》にかかってら。組子《くみこ》って知《し》ってんか?」

「建喜《たてき》のおじさん、おら、組子《くみこ》ってえのはあんまし……」

「そうか。興味《きょうみ》ねえか」

「おじさんも、そんなしちめんどうくせえの、よくやってますねえ。目悪《めわる》くなんねえっすか?」

おだやかな喜右衛門《きえもん》も、さすがに、

「こいつは、こわいもん知《し》らずでいいや」

と失笑《しっしょう》しました。

「ま、だれんでもいい。仕事場《しごとば》にすわって、じっくり見《み》てたらいい」

「おじさん、それよか、おらの仕事《しごと》の段取《だんど》り決《き》めておくんなせえ。見《み》てるだけなんて、おかしい」

「なあ、亀吉《かめきち》。そのおじさんは、やめろ。職人《しょくにん》や小僧《こぞう》たちもいるんだ。棟梁《とうりょう》といいなさい。え、なんだって？　おかしい？　なにがおかしい？」

「だからぁ、ただ見《み》てろってえのがですよう。見《み》てれば、覚《おぼ》えるってんでしょ。教《おし》えてもらえば、もっとすぐ、きちんとわかって、役《やく》に立《た》ちやす」

「……」

「川崎《かわさき》のおとっつぁんも、『建喜《たてき》』の技《わざ》をぬすんでこいって」

「そのとおりだ」

「ぬすむなんて、どろぼうじゃねえすか。そんないいかげんなの、おらあいやだ。まっとうにやりてえす。ねえ、段取《だんど》りつけておくんなせえ。ねえ、おじさん、いや、あの、棟梁《とうりょう》」

「かたいこというな」

喜《き》右《え》衛門《もん》は、すこしたじろぎました。それでも、亀吉《かめきち》の無邪気《むじゃき》というか、こまっちゃくれのこわいもん知《し》らずの、ずばずばいうのもおもしろいなと、思《おも》ったりもしました。

「川崎《かわさき》のおとっつぁんは、よそのめしを食《く》ってこいといいました」

「そうか。じゃ、台所《だいどころ》に行《い》って食《く》ってこい」

棟梁《とうりょう》が相手《あいて》してくれないもんで、亀吉《かめきち》は、正吉《しょうきち》あにさんにすりよっていきました。

「仕事《しごと》の段取《だんど》りを、つけてもらえませんか？　そうすりゃ頭《あたま》にたたっこんで、すぐにも役《やく》に立《た》ちやす」

「ここでは、めいめい自分《じぶん》の仕事《しごと》をやっている。口《くち》はさんだり、手《て》え出《だ》したりされると、手順《てじゅん》がくるうわ。いいか、じゃましねえで、どういう手順《てじゅん》か、どういう技《わざ》か、その目《め》でよっく見《み》てておくんなせえ。おめえさんの手《て》が、どんなもんかわかんねえのに、まかせられねえっすよ」

正吉《しょうきち》あにさんは、こいつは手《て》こずることになるかもしんねえなと、しぶい顔《かお》をしました。

もしこれが、なみの新入《しんい》りだったら、もうこの瞬間《しゅんかん》、張《は》りたおされるか、

「ここには合《あ》わねえな」

と、つき出《だ》されるところでしょう。

みんながまんしているのは、建留《たてとめ》の若《わか》だからですし、亀吉《かめきち》のものおじしないところも、あんがい、おもしろがられていたのかもしれません。

十一 菓子屋《かしや》の小僧《こぞう》の災難《さいなん》

やっぱり子《こ》ども同士《どうし》というのか、亀吉《かめきち》は、千太郎《せんたろう》や幸吉《こうきち》の後《あと》をくっついて歩《ある》いて、口《くち》を出《だ》したり、手《て》を出《だ》したりしていました。

幸吉《こうきち》はすっとんきょうで、ただけたけた笑《わら》うだけ。亀吉《かめきち》は、千太郎《せんたろう》をたよりにと思《おも》ったようですが、千太郎《せんたろう》はいろいろいわれても、もごもごもたついているだけでした。

亀吉《かめきち》が建喜《たてき》に来《き》て数《すう》か月《げつ》がたち、風《かぜ》の冷《つめ》たさが身《み》にしみるようになってきたある日《ひ》、いやに建喜《たてき》の前《まえ》に、子《こ》どもたちがうろうろしていることがありました。

「うん、ここだ、ここだ」

「そうらしいな。建具屋《たてぐや》ってえのは、ここだけだもんな」

「建留《たてとめ》のでっかんちゃん（でっかいあんちゃん）、いるかねえ」

「さあ、わかんねえ」

「仕事場《しごとば》、のぞいて見《み》んべ」

実《じつ》は、川崎《かわさき》の建留《たてとめ》の近《ちか》くの子《こ》どもたちが、来《き》ていたのでした。遊《あそ》び仲間《なかま》というより、あにき分《ぶん》でがき大将《だいしょう》の亀吉《かめきち》が、川崎《かわさき》からいなくなったもんで、ようすを見《み》にきたというところでしょうか。

がやがや、ざわざわやるもんで、目立《めだ》たないわけがありません。しかたなく女子衆《おなごし》のやえが、表《おもて》に出《で》ていきました。

もどってきたやえは、仕事場《しごとば》をのぞくと、小声《こごえ》で亀吉《かめきち》を呼《よ》びました。

「亀吉《かめき》っつぁん、お客《きゃく》さんだよ」

「へっ？　おらに？」

亀吉《かめきち》は、あわてて出《で》ていきました。

「おっ、なんだ、なんだ。だれかと思《おも》やあ、おめえらけ。よく来《き》たな。おらこんとおり、達者《たっしゃ》で修業《しゅぎょう》してらあ。ところで、なんか用《よう》け？　顔見《かおみ》にきたってだけじゃあんめえ。勝平《かっぺい》、いってみろよ。ふん、ふん、そうか、そうか。うんわかった。よし、おらにまかしとけや。おい、勝平《かっぺい》よ。帰《かえ》りに橋《はし》のたもとで、まんじゅう買《か》って、みんなで食《く》いながらけえんな」

亀吉《かめきち》は、ふところからひもつきのふくろを引《ひ》っぱりだすと、ちゃりんと小銭《こぜに》をわたしていいました。

ちらちらっとようすを見《み》ていた、千太郎《せんたろう》と幸吉《こうきち》は、亀吉《かめきち》の気前《きまえ》のいいあにき気取《きど》りに、びっくりしました。

「さすが、建留《たてとめ》の若《わか》はちがうなあ。たっぷり、せんべつもらってきてやがるんだ」

幸吉《こうきち》は、千太郎《せんたろう》にいいました。

「な、千《せん》ちゃんよ」

その日《ひ》、夜《よる》になってから、亀吉《かめきち》は、千太郎《せんたろう》と幸吉《こうきち》の耳《みみ》に口《くち》をよせて、小声《こごえ》でいいました。

「おらの川崎《かわさき》の仲間《なかま》なんだけどよ。江戸《えど》の菓子屋《かしや》に、奉公《ほうこう》にいったのがいるんだ。小僧《こぞう》てえのは、どこでもつらいらしいぜ。そいつが、にげだしてきやがった。自分《じぶん》の家《いえ》にゃ近《ちか》よれねえ。手《て》がまわってるもんな。そこで、大師河原《だいしがわら》の、見世物小屋《みせものごや》のよしず（葦《よし》の茎《くき》で編《あ》んだすだれ）に、もぐりこんだのよ。そこだって、いつ見《み》つかるか、わかんねえべ。昼間来《ひるまき》た勝平《かっぺい》って野郎《やろう》が、おらに相談《そうだん》ぶちにきたってえわけよ」

真剣《しんけん》な亀吉《かめきち》の顔《かお》つきに、千太郎《せんたろう》も幸吉《こうきち》も、思《おも》わず膝《ひざ》をのり出《だ》しました。

「そいつはたいへんだ。連《つ》れもどされたら、ひどい目《め》にあわされら」

幸吉《こうきち》がいいました。

「おめえも、そう思《おも》うだろ」

「みんなは、亀吉《かめき》っつぁんに、どうして欲《ほ》しいって、いってるんですかい？」

「それよ。なあ、そいつを、ここにかくまえねえもんかね」

「ここって？」

「だから建喜《たてき》よ。棟梁《とうりょう》にたのむわけにゃいくめえ。半公《はんこう》の野郎《やろう》……、やつは、半次《はんじ》ってえんだ。半公《はんこう》にゃ、職人《しょくにん》なんてできねえもん。だからよ、物置《ものお》きかなんかにかくまって、おらたちで食《く》いもん運《はこ》ぶてえのは、どうだ?」

「うーん」

「だめか?」

「物置《ものお》きって、道具《どうぐ》をしまう場所《ばしょ》ですよ。しょっちゅうだれかが、なんか出《だ》し入《い》れしまさあ。人《ひと》ひとりかくすところなんて、ねえんじゃねえですかい」

千太郎《せんたろう》がいいました。

「そうだ、横丁《よこちょう》のお稲荷《いなり》さんはどうだろ」

幸吉《こうきち》がいいました。

「ちっこいけんど、子《こ》どもひとりもぐりこむすきまは、あらあ。お供《そな》えもんもあるしよ。稲荷講《いなりこう》の日《ひ》にゃ、おこわのおにぎり、稲荷《いなり》ずし、煮《に》しめなんかがあがるっす。でもその日《ひ》は、お堂《どう》にはいられねえかもしんねえ。その日《ひ》だけは、どこかに移《うつ》した方《ほう》がええ」

「よし、そこにしよう。幸吉《こうき》っつぁん、よろしくたのまあ」

三人《にん》が、ないしょの相談《そうだん》を終《お》えた後《あと》、

「ちょいと、千太郎《せんたろう》」

ねえちゃんのおこうが、そっと手《て》まねきしました。

「あんた、亀吉《かめき》っつぁんと、こそこそやってるみたいだけど、なにかやらかす気《き》い？」

「えっ、な、なにもやんねえよう」

「でも、こそこそしてる」

「なにもしねえったら」

「いいかい、亀吉《かめき》っつぁんは、建留《たてとめ》の若《わか》だよ。なにやってもゆるしてもらえるけど、千《せん》ちゃんも幸吉《こうき》っつぁんも、ただの奉公人《ほうこうにん》だよ。ねえちゃん、心配《しんぱい》で、心配《しんぱい》で」

「だいじょうぶだよっ」

「ほんとうだね。さそわれても、のるんじゃないよ。わかってるね」

おこうは、しつこく念《ねん》をおしました。

十二 亀《かめ》ちゃんいなくなる

つぎの日《ひ》、亀吉《かめきち》が姿《すがた》を消《け》しました。

その朝《あさ》、たしかに亀吉《かめきち》は、起《お》きてきました。ですが、ちょっと顔色《かおいろ》が悪《わる》く、うろうろ落《お》ちつきがありません。正吉《しょうきち》あにさんは、

「亀《かめ》、仕事場《しごとば》で正座《せいざ》してろ。そこで、みんなの仕事《しごと》を見《み》てな」

といいました。亀吉《かめきち》は、うなずいてすわりましたが、やはり落《お》ちつかないようでした。

「たぶん、半次《はんじ》のことが気《き》になるんだ」

幸吉《こうきち》が、千太郎《せんたろう》の耳《みみ》に、小声《こごえ》でいいました。

「稲荷堂《いなりどう》に、うまくもぐりこめたんだろうかね」

千太郎《せんたろう》だって、気《き》が気《き》ではありません。

ふと気《き》がつくと、いつの間《ま》にか、亀吉《かめきち》はいなくなっていました。

そして、そのまんま夕方《ゆうがた》になっても、帰《かえ》ってきませんでした。

「亀吉《かめきち》、亀吉《かめきち》、どこ行《い》った？」

正吉《しょうきち》あにさんが、さわぎだしました。

千太郎《せんたろう》と幸吉《こうきち》は、はらはらしどおしでした。

きっと、稲荷堂《いなりどう》だ。半次《はんじ》のようすを見《み》にいったんだ。

「新吉《しんきち》、新吉《しんきち》、亀《かめ》を知《し》らねえか？」

「へえ、知《し》りやせん。昼《ひる》ごろはいましたね」

「幸吉《こうきち》、てめえは知《し》らねえか」

「へえ、知《し》……知《し》りやせん」

幸吉《こうきち》は、にやっとしました。いつもそうですが、なにかさわぎがあると、うれしくてしょうがないのです。

「亀《かめ》の野郎《やろう》、川崎《かわさき》の建留《たてとめ》に帰《かえ》ったんだろうか。休《やす》みでもねえのによ。だれか、やつを見《み》なかったか？　仕事場《しごとば》で別《べつ》になにもなかったよなあ。外《そと》でけんかでもしたのか？　幸吉《こうきち》」

「しませんよう」

「いくら建留《たてとめ》からの客人《きゃくじん》といってもよ。だまってたらしめしがつきやせん。ねえ、棟梁《とうりょう》、ここいらでひとつ、みっちりいっておくんなせえ。ちいと、熱《あつ》い灸《きゅう》でもすえてやりやしょう。いいか、みんな、止《と》めんじゃねえぞ」

正吉《しょうきち》あにさんが、めずらしくきつい調子《ちょうし》でいったので、仕事場《しごとば》はしんとなりました。

「まあまあ、正吉《しょうきち》よ。亀《かめ》だって、ここがいやでとび出《だ》したんじゃなさそうだ。気《き》まぐれで、にくめねえやつだよ。きついしおきは、かんべんしてくれや。きっと、川《かわ》崎《さき》に帰《かえ》ったんだと思《おも》うよ」

棟梁《とうりょう》がいいました。

「あまいっすよ、棟梁《とうりょう》。そんなかっては、ゆるしちゃいけねえ」

「まあまあ。建留《たてとめ》じゃ、休《やす》みもらったと思《おも》って、ちやほやして帰《かえ》さねえとこじゃねえのけ。暗《くら》くなったら、だれかに送《おく》られてくるわね。な、正吉《しょうきち》、かんにんしてやってくれや。手荒《てあら》いしおきは、よしてくれ」

「でも棟梁《とうりょう》、やつは建留《たてとめ》をかさに着《き》て、かってばっかしやがる。あのあまえは、こらしめとかねえと、本人《ほんにん》のためになりやせん」

「おい、おい、正吉《しょうきち》、いいかげんにしねえか。わざわざ波立《なみた》てるようなことは、よしにしてくれろや」

「棟梁《とうりょう》、いっぺん、いわしてくだせえ。このへんで、一度《いちど》がつんとやんねえと、幸《こう》吉《きち》や千太郎《せんたろう》のためにもなんねえっす」


すっかり日《ひ》も暮《く》れてしまいました。

亀吉《かめきち》は帰《かえ》ってきません。おかみさんも、はらはら仕事場《しごとば》をのぞきました。

「亀《かめ》ちゃん、まだ帰《かえ》ってこねえって？　ねえ千太郎《せんたろう》、なんか亀吉《かめきち》から聞《き》いてんじゃないのかね。おまえと亀《かめ》ちゃん、気《き》が合《あ》うらしいからさ」

「いいえ、聞《き》いてません。知《し》りやせん」

しらばくれたものの、舌《した》がすこしもつれました。おかみさんは、ちょっと千太郎《せんたろう》の顔《かお》をのぞくようにしたので、千太郎《せんたろう》は、思《おも》わず下《した》を向《む》きました。でも、それ以上《いじょう》つっこまれなかったので、千太郎《せんたろう》はほっとしました。

「新吉《しんきち》、建留《たてとめ》に行《い》ってこい」

正吉《しょうきち》あにさんがいいました。

「いいか。外《そと》からそれとなく、ようすさぐるだけだぞ。わからなかったら、しょうがない。帰《かえ》ってこい。あちらさんにつかまっても、行方不明《ゆくえふめい》なんていうなよ。心配《しんぱい》かけるだけだ。おむかえにきましたで、おし通《とお》せ。後《あと》はいうな」

新吉《しんきち》が、川崎《かわさき》の建留《たてとめ》に行《い》ってみると、仕事《しごと》は終《お》わったらしく、仕事場《しごとば》もしんとなっていました。住《す》まいの方《ほう》も、亀吉《かめきち》が帰《かえ》っているらしいにぎわいも感《かん》じられず、しーんとしています。

新吉《しんきち》は、どうしたらいいかわかりません。

「帰《かえ》るしかねえな。棟梁《とうりょう》や正吉《しょうきち》あにさんには、見《み》たまま報告《ほうこく》するしかねえ」

そっと戸口《とぐち》をはなれようとしたとき、がらっと戸《と》が開《あ》きました。間《ま》の悪《わる》いときは、こんなものです。新吉《しんきち》はかくれるひまもありません。そこで腹《はら》を決《き》めていいました。

「ええ、鶴見《つるみ》の建喜《たてき》からめえりやした。亀吉《かめき》っつぁんのおむかえで……」

「えっ？　亀《かめ》？　亀吉《かめきち》がどうかいたしましたか？」

なんと、戸《と》を開《あ》けたのは、建留《たてとめ》のおかみさんでした。

「きょうは休《やす》みで……」

正吉《しょうきち》あにさんから、見《み》つかったらこういえといわれたとおりを、新吉《しんきち》はいいました。

「あれ、小僧《こぞう》てえのは、休《やす》みといえば、盆《ぼん》と暮《く》れだけのはずでしょうが」

「ええ、まあ」

「建喜《たてき》さんでは、なんで亀《かめ》に休《やす》みをくれなすったんで？　あっ、亀《かめ》が、なにか不都《ふつ》合《ごう》でも？」

「いえ、いえ。あのう……そのう……、ただお帰《かえ》りがおそいんで、おむかえにめえったしだいで」

「なんだ、なんだ。えっ、亀吉《かめきち》がどうかしたって？」

おくから、建留《たてとめ》の棟梁《とうりょう》の留太郎《とめたろう》も、出《で》てきました。

「亀《かめ》がいなくなったってえのか？」

「いえ、たぶん行《い》きちがいでやしょう。もう、お帰《かえ》りになっていなさるかもしれません。ごめんなすって」

新吉《しんきち》は、こそこそ帰《かえ》ってきました。


「やい、幸吉《こうきち》っ、おめえ、なんか知《し》ってんな」

正吉《しょうきち》あにさんに問《と》いつめられると、幸吉《こうきち》はもじもじ、赤《あか》くなったり、青《あお》くなったりしました。どうも、かくしごとは下手《へた》なようです。

「あのう……もしかすっと」

「なんだ？」

「へえ、もしかすっと」

「もしかすっと、なんだ？」

「川崎《かわさき》の仲間《なかま》が、江戸《えど》の奉公先《ほうこうさき》からにげてきたとかで。亀吉《かめき》っつぁんは、そいつのこと心配《しんぱい》していやしたから……」

「心配《しんぱい》して、どうかしたんか？　どうするっていってた？」

「あのう……だからぁ、亀吉《かめき》っつぁんは、川崎《かわさき》に行《い》ったんじゃねえかと」

「亀吉《かめきち》は、川崎《かわさき》にゃあ行《い》ってねえ」

「そ、そうっすか。亀吉《かめき》っつぁんからは、なにも聞《き》いてません」

「千太郎《せんたろう》、おめえも、なんか知《し》ってんな？」

千太郎《せんたろう》は頰《ほお》がひきつり、正吉《しょうきち》になにかいわれるたびに、びくっとするのでした。

正吉《しょうきち》あにさんは、新吉《しんきち》に目配《めくば》せしました。

「ふたりを見張《みは》れ。いまに動《うご》くに決《き》まってる。そしたら、追《お》うんだ」

十三　稲荷堂《いなりどう》

気《き》が気《き》でなかった千太郎《せんたろう》は、夕《ゆう》ごはんの自分《じぶん》の分《ぶん》を茶碗《ちゃわん》に残《のこ》し、たくあんを二切《ふたき》れそえて、それをふところに入《い》れると、そっと建喜《たてき》をぬけ出《だ》しました。気《き》がつくと、幸吉《こうきち》もついてきました。

「千《せん》ちゃん、やっぱ亀吉《かめき》っつぁんは、半次《はんじ》ってやつを連《つ》れてきたんだね」

「うん、たぶん。おら、稲荷堂《いなりどう》に行《い》ってみる」

「おらも行《い》く」

ふたりの後《あと》を、新吉《しんきち》あにさんがこっそりついてきていましたが、千太郎《せんたろう》も幸吉《こうきち》も、気《き》がついていませんでした。

稲荷堂《いなりどう》はまっ暗《くら》でした。手《て》さぐりでささくれた鳥居《とりい》をさわり、石畳《いしだたみ》を足《あし》でさぐりさぐり、見当《けんとう》をつけて、ふたりは進《すす》むしかありません。

「いねえみてえ」

「外《そと》から見《み》えっとこには、いねえっすよ。お堂《どう》のなかじゃねえのかな」

「そうだな。ちっと風《かぜ》も出《で》てきて、今夜《こんや》は、この冬《ふゆ》いちの寒《さむ》さだもんな」

幸吉《こうきち》は、かじかむ自分《じぶん》の手《て》に、はあっと息《いき》をかけました。

千太郎《せんたろう》は、お堂《どう》のとびらを、そっとたたきました。それから、小《ちい》さい声《こえ》で呼《よ》んでみました。

「亀吉《かめき》っつぁん」

返事《へんじ》がありません。

「いねえんだ」

「ちがう。用心《ようじん》してるんだ。あのう、千太郎《せんたろう》です。幸《こう》ちゃんもいます」

すると、とびらがすこしだけ開《ひら》きました。亀吉《かめきち》です。その後《うし》ろに小《ちい》さくなって、半次《はんじ》という菓子屋《かしや》の小僧《こぞう》がいました。暗《くら》いのでよくわかりませんが、おどおどしているようです。

「寒《さむ》いよ。入《はい》って戸《と》を閉《し》めてくれよ」

亀吉《かめきち》がいったので、ふたりはお堂《どう》のなかに入《はい》っていきました。きゅうくつで、四人《にん》は、おたがいの肩《かた》や膝《ひざ》がくっつきました。

暗《くら》さに慣《な》れてくると、半次《はんじ》の青《あお》ざめた頬《ほお》に、なみだの跡《あと》がついているのが見《み》えました。

半次《はんじ》の奉公先《ほうこうさき》の菓子屋《かしや》は、店《みせ》を持《も》っているのではなく、かつぎ菓子屋《がしや》でした。何段《なんだん》かひきだしのついた大《おお》きな箱《はこ》を、風呂敷《ふろしき》につつんで、それを小僧《こぞう》の半次《はんじ》がかつぎ、手代《てだい》(商家《しょうか》の使用人《しようにん》。番頭《ばんとう》と丁稚《でっち》の中間《ちゅうかん》の身分《みぶん》)の後《うし》ろからついていくのでした。

ひきだしを開《あ》けると、なかはいくつかに仕切《しき》られていて、そのひとつひとつに、干菓子《ひがし》の松風《まつかぜ》とか、有平糖《あるへいとう》、小《こ》ぶりのまんじゅうなどが、見本《みほん》として入《はい》っているのでした。お得意《とくい》さんをまわっては、そのひきだしを開《あ》けて注文《ちゅうもん》をとり、後《あと》でとどける、という仕組《しく》みになっていました。

その見本《みほん》のお菓子《かし》が、ひとつなくなっていて、手代《てだい》は、半次《はんじ》がつまんで食《た》べたと、しかったのだそうです。

「そ、そんなことするもんか」

半次《はんじ》は、びっくりして手《て》をふりました。声《こえ》も出《で》なかったそうです。

「じゃあ、なぜ、ここにへえってた菓子《かし》がねえんだ？」

「……」

「ここになにがへえってた？」

「わかりません」

「わからねえ？　おめえがつまんで食《く》ってしまったんだ。なにを食《く》った？」

「そんなことしません」

たぶん、お得意《とくい》さんの家《いえ》の子《こ》が、親《おや》や手代《てだい》のすきを見《み》て、つまんだのでしょう。

もちろん、わきにひかえていた半次《はんじ》だって、気《き》がつきませんでした。

手代《てだい》にしてみれば、お得意《とくい》さんの子《こ》ども衆《し》を、疑《うたが》うわけにはいきません。半次《はんじ》のせいにするしかなかったのです。

「なかに、どんな菓子《かし》がへえってるのか、おら、見《み》てねえ。ひどいよ、ひどいよ」

半次《はんじ》は、半分泣《はんぶんな》きべそでした。

「そうか、わかった、わかった。そんな店《みせ》にいることたあねえ」

「もう、死《し》んだ方《ほう》がいいや」

「ばか。めったなこというんじゃねぇよ」

なみだぐむ半次《はんじ》を、亀吉《かめきち》はしきりになぐさめていました。

千太郎《せんたろう》は、ふところから茶碗《ちゃわん》を出《だ》し、半次《はんじ》にわたしました。いつから食《た》べていなかったのでしょう。半次《はんじ》は手《て》づかみで、茶碗《ちゃわん》のごはんとたくあんを、夢中《むちゅう》で食《た》べました。

千太郎《せんたろう》は、自分《じぶん》より年下《としした》に見《み》える小柄《こがら》な半次《はんじ》が、気《き》の毒《どく》でした。

かたかたっ。

稲荷堂《いなりどう》のうすっぺらなとびらが、鳴《な》りました。四人《にん》は、はっとおたがいの顔《かお》を、見合《みあ》わせました。

「追《お》っ手《て》?」

ではなかったようです。風《かぜ》でした。すきまから吹《ふ》きこんだ風《かぜ》の、冷《つめ》たいこと。

「半公《はんこう》、いいか。一晩《ひとばん》ここでがんばれっか？　あしたまた、考《かんが》えてやっから。おら

もここにいてやりてえが、そうもいかねえし……」

半次《はんじ》は、がたがたふるえていました。

「おら、やっぱ死《し》んだ方《ほう》がいいや」

「ばかっ、なにをいう。一晩《ひとばん》くれえ、がんばれねえのかよ。しっかりしろい」

亀吉《かめきち》は、自分《じぶん》のはんてんをぬいで、半次《はんじ》にかけてやりました。

「風《かぜ》の来《こ》ねえとこにいな。朝《あさ》になったら、また、来《く》るからよ」

新吉《しんきち》は、一部始終《いちぶしじゅう》をすっかりのぞいて見《み》ていました。そしてそれを、建喜《たてき》のみんなに報告《ほうこく》しました。

そんなことは知《し》らない亀吉《かめきち》、そして千太郎《せんたろう》と幸吉《こうきち》は、帰《かえ》ってきました。真《ま》ん中《なか》に行灯《あんどん》ひとつ。うす暗《ぐら》い仕事場《しごとば》に、建喜《たてき》のみんながいました。変《へん》な雰囲気《ふんいき》でした。

ふだんは、そんなこと気《き》にかけないはずの亀吉《かめきち》も、ちょっと入《はい》っていきにくい感《かん》じでした。

「おそくなりまして」

亀吉《かめきち》がいったとたん、正吉《しょうきち》あにさんは、

「おっ、半次《はんじ》てえ野郎《やろう》はどうした？　稲荷堂《いなりどう》にほったらかしか？」

といいました。

「えっ、半次《はんじ》？　な、なんで半次《はんじ》のこと」

なぜばれてるのか、亀吉《かめきち》の頭《あたま》は大混乱《だいこんらん》でした。後《うし》ろにすわっていた千太郎《せんたろう》も幸吉《こうきち》も、ものもいえないで、ぽかんと口《くち》を開《あ》けていました。

「なんで、ばれてるんだ？」

しかたなく亀吉《かめきち》は、ぼそぼそ半次《はんじ》のことを説明《せつめい》しましたが、順序《じゅんじょ》よく話《はな》すこともできません。みんなにわかってもらうまで、時間《じかん》がかかりました。

「亀吉《かめきち》は建留《たてとめ》に帰《かえ》ってもらいやしょう。いいですね、棟梁《とうりょう》」

正吉《しょうきち》あにさんがいうと、棟梁《とうりょう》はあわてて手《て》をふりました。

「正吉《しょうきち》、かってに決《き》めんでくれや。建留《たてとめ》との約束《やくそく》もある。よし、あした、建留《たてとめ》に行《い》ってくる」

「棟梁《とうりょう》が行《い》くこたあねえでしょう」

「そういわねえでくれや。ま、まかしてくれ」

どういう話《はな》し合《あ》いになったのか、二、三日《にち》たって、建留《たてとめ》の棟梁《とうりょう》の留太郎《とめたろう》が、わびにきました。

「亀吉《かめきち》をどうか、もうすこし建喜《たてき》においていただきたい。本人《ほんにん》も、ここにいたいといいますし」

というのでした。

ついでにいうと、半次《はんじ》の方《ほう》は、建留《たてとめ》であずかることになり、どうやらこのさわぎもおさまりました。

十四 ❁ 若《わか》棟《とう》梁《りょう》、帰《かえ》る

のんびりした建喜《たてき》の仕事場《しごとば》が、もどってきました。年《とし》が変《か》わり、千太郎《せんたろう》は八歳《さい》になりました。

とんとん、かんかん、ずーいずい。

これが、仕事場《しごとば》が動《うご》いて、息《いき》をしている音《おと》です。でも、こののんびりゆったりは、長《なが》くはつづきませんでした。

喜右衛門《きえもん》のひとり息子《むすこ》、若棟梁《わかとうりょう》の秋次《あきじ》が、西行《さいぎょう》から帰《かえ》ってきたからです。

喜右衛門《きえもん》は、職人《しょくにん》たちの手前《てまえ》もあるし、あっさり秋次《あきじ》を仕事場《しごとば》に入《い》れていいものかどうか、ためらいました。かといって、また西行《さいぎょう》に出《だ》して、よそでごたごたを起《お》こされてもこまります。ここでほうりだしたら、またまたなにかさわぎでも起《お》こすにちがいないからです。

建喜《たてき》におくからには、棟梁《とうりょう》として、きつい小言《こごと》もいわなくてはなりません。そうすると、とたんに秋次《あきじ》の目《め》は、すわってくるのでした。

秋次《あきじ》が帰《かえ》ってきたのを、手《て》ばなしで喜《よろこ》んだのは、おかみさんでした。

「よくも、まともになる決心《けっしん》をしてくれた」

と、ちやほやしました。

「まともだって？」

秋次《あきじ》は、おっかさんのことばにも、いちいちひっかかりました。

秋次《あきじ》がさかり場《ば》で、「丁《ちょう》か半《はん》か」という、さいころばくちや、バッタという、花《はな》札《ふだ》とばくにさそわれたのが、そもそもでした。なんとも刺激《しげき》のある、いきいきした世界《せかい》に、秋次《あきじ》はすぐのめりこみました。

それに秋次《あきじ》は、意外《いがい》な才能《さいのう》があったのです。

花札《はなふだ》をきるのが、とんでもなく上手《じょうず》でした。トランプのきりまぜと同《おな》じですが、トランプにくらべて花札《はなふだ》は厚《あつ》めで、きりにくいのです。さすが組子《くみこ》の喜右衛門《きえもん》の息子《むすこ》だけあって、器用《きよう》な指先《ゆびさき》を持《も》っていました。やくざの親分《おやぶん》から「黄金《おうごん》の指《ゆび》」などとおだてられ、いい気《き》になっていました。

そんな秋次《あきじ》ですが、ばくちにいや気《け》がさして帰《かえ》ってきたのは、ほんとうです。やくざの組《くみ》の収入《しゅうにゅう》だからと、いかさまをやらされるのが、不愉快《ふゆかい》だったのです。

ことあるごとに、あにさん株《かぶ》から、

「なんだ。いかさまは花札《はなふだ》の初歩《しょほ》じゃねえか。そいつをやらねえんじゃ、渡世人《とせいにん》たあいえねえやね」

と、いちいち指図《さしず》されるのも、おもしろくありませんでした。それで、

「へん、そうっすか。無理《むり》に渡世人《とせいにん》にしてもらわなくたって、いいっす」

と、あっさりぬけ出《だ》してきたのです。もともと、何事《なにごと》にもすぐ飛《と》びついて、夢中《むちゅう》になるけれど、すぐあきて投《な》げだすのが、秋次《あきじ》でした。いまさら、ばくちに未練《みれん》はありません。

ですから、おっかさんの「よくも、まともになる決心《けっしん》をしてくれた」も、こそばゆいことばで、いちいち秋次《あきじ》の癇《かん》にさわるのでした。

こういうわけで、仕事場《しごとば》の連中《れんちゅう》は、くるくるきげんの変《か》わる秋次《あきじ》に、いつもびくびくしていました。

ある日《ひ》、建喜《たてき》に雨戸《あまど》の注文《ちゅうもん》がありました。

めったにないことですが、みんな出《で》はらっていて、あいにく仕事場《しごとば》にいたのは秋《あき》次《じ》ひとり。いえ、うろうろと幸吉《こうきち》と千太郎《せんたろう》もいましたが、ま、数《かず》には入《はい》りません。

ここで、仕事《しごと》のひとつも受《う》けてこなしさえすれば、秋次《あきじ》だって、建喜《たてき》の若棟梁《わかとうりょう》として、居《い》すわることもできるではありませんか。実《じつ》は、秋次《あきじ》としても肩身《かたみ》がせまく、それでつい、いらいらしていたわけでした。

つい朝方《あさがた》も、喜右衛門《きえもん》がしぶい顔《かお》で、ぐずぐず小言《こごと》をいいました。そこで、つい、

「なんでえ、なんでえ。こっちの方《ほう》が、よっぽどしちめんどくせえじゃねえか。やくざの組《くみ》よかうるせえ。ああ、やってらんねえ」

と、たんかをきったところでした。

だから、この仕事《しごと》をうまくこなしたら、と思《おも》ったのでしょう。秋次《あきじ》も、はじめのうちはいいのです。にこにこ如才《じょさい》なく、使《つか》いのいうことも、ちゃんと聞《き》きました。

どのへんから、まずくなっていくのかというと――。

「へえ、わかりやした。お受《う》けいたしやしょう。それで、戸障子《としょうじ》の枚数《まいすう》は？　材料《ざいりょう》のご注文《ちゅうもん》は？　それから寸法《すんぽう》は？」

「だからぁ、そいつは一度《いちど》、現場《げんば》に来《き》てもらいてえんで」

たまたま、この使《つか》いが口上《こうじょう》をいうだけの役《やく》だったもんで、細《こま》かい仕事《しごと》の内容《ないよう》なんか、わかりませんでした。

「戸障子《としょうじ》っくれえ、現場見《げんばみ》なくたって間《ま》に合《あ》いやす。材料《ざいりょう》、寸法《すんぽう》、枚数《まいすう》を書《か》いた注文書《ちゅうもんしょ》てえのを、もらやあいいっすよ。なに、持《も》ってねえんですかい？」

「だからぁ、一度《いちど》、現場《げんば》へ」

「注文書《ちゅうもんしょ》もらやあ、いいってえの……」

秋次《あきじ》の声《こえ》は、いちだんと高《たか》っ調子《ちょうし》になり、額《ひたい》に青《あお》いすじがたちました。

「一度現場《いちどげんば》においでを、というのが、親方《おやかた》の口上《こうじょう》で」

使《つか》いはへきえきして、こそこそにげだしていきました。

「なんだ、なんだ。あんなはんちくな（中途《ちゅうと》はんぱな）野郎《やろう》を、使《つか》いによこしやがって」

帰《かえ》ってきて、それを聞《き》いた喜右衛門《きえもん》は、青《あお》くなりました。

「こまったやつだ。いいか、お使《つか》いがあったら、すぐこっちから飛《と》んでかなきゃ」

あーあ、秋次《あきじ》のやつ、なにやってるんだ。これじゃとうぶん、まだやつにはまかせられんな。どら、ちょいとわびにいって……。

喜右衛門《きえもん》は、あわてて現場《げんば》にかけつけました。

すでに秋次《あきじ》のことは、使《つか》いの口《くち》から伝《つた》わっているらしく、

「どうも、若棟梁《わかとうりょう》に断《ことわ》られちまってよう」

と皮肉《ひにく》をいわれました。

そこを、おだやかな喜右衛門《きえもん》は、なにをいわれてもにこにこ。

「ごもっともで。かならず、戸障子《としょうじ》いっさい間《ま》に合《あ》わせますんで」

と下手《したて》に出《で》たから、どうやらこの注文《ちゅうもん》も落《お》ちつきました。

喜右衛門《きえもん》は、注文《ちゅうもん》よりいい材料《ざいりょう》をつかい、ていねいな仕事《しごと》をし、りっぱな戸障子《としょうじ》をこしらえました。

十五 ❀ 曳《ひ》き家《や》

秋次《あきじ》が帰《かえ》ってきた年《とし》の夏《なつ》、生麦《なまむぎ》の名主《なぬし》（村《むら》の政治《せいじ》を担当《たんとう》する、村《むら》の長《おさ》。庄屋《しょうや》）、関口藤《せきぐちとう》右衛門《えもん》が、古《ふる》い家《いえ》を買《か》いました。となり村《むら》の子安《こやす》の、善右衛門《ぜんえもん》の家《いえ》です。

藤右衛門《とうえもん》は、その家《いえ》を解体《かいたい》して、自分《じぶん》の屋敷《やしき》に移築《いちく》することにしました。こわして、運《はこ》んで、もう一度建《いちどた》てるまで、どれくらいかかるかわからないという、大工事《だいこうじ》でした。

このうわさは、工事《こうじ》がはじまる前《まえ》から、そして工事《こうじ》のあいだ中《じゅう》、かなりひろい範《はん》囲《い》にひろまっていました。

建喜《たてき》の仕事場《しごとば》でも、その話《はなし》の出《で》ない日《ひ》はありませんでした。

「名主《なぬし》んとこで、古《ふる》い家《いえ》なんか、いるのかねえ。隠居所《いんきょじょ》のつもりかね」

「そんなお年寄《としよ》りは、いねえんじゃねえか？　名主《なぬし》が、自分《じぶん》の将来《しょうらい》のために、用意《ようい》するてえわけか？」

「そんな話《はなし》も聞《き》いてねえ。嫁《よめ》むかえか？」

「名主見習《なぬしみなら》いの若旦那《わかだんな》は、江戸《えど》のなんとか塾《じゅく》に、ご留学《りゅうがく》っちゅうこった。嫁《よめ》はまだだべ」

「建物《たてもの》は十両《りょう》ってこったけんどよう。高《たか》いのけ？　安《やす》いのけ？」

「さあなあ、家《いえ》の古《ふる》さにもよるだろうな」

「こわして、運《はこ》んで、また建《た》て直《なお》すってえけんどよう。わりに合《あ》うんだろうか」

と、そこが話題《わだい》の中心《ちゅうしん》でした。

実《じつ》は関口《せきぐち》家《け》では、それまでやっていた寺子屋《てらこや》が、手《て》ぜまになりました。座敷《ざしき》のふすまをとりはずして、二間《ふたま》をつかっていたのですが、それでも間《ま》に合《あ》わなくなってしまいました。

そのうえ、お家《いえ》さん（奥《おく》さま）が、女《おんな》の子《こ》たちだけ別《べつ》の部屋《へや》で、裁縫《さいほう》を教《おし》えることになりました。

寺子屋《てらこや》というのは、江戸時代《えどじだい》の学習塾《がくしゅうじゅく》です。手習《てなら》いという、文字《もじ》を書《か》く練習《れんしゅう》が中心《ちゅうしん》でしたが、そのころの町《まち》や村《むら》の人《ひと》たちにとって、読《よ》み、書《か》き、そろばんは、もっとも基本的《きほんてき》な学問《がくもん》でした。

たとえば、関口藤右衛門《せきぐちとうえもん》のように、名主《なぬし》とか、あるいは学者《がくしゃ》が開《ひら》いた寺子屋《てらこや》もありましたし、町役《まちやく》、村役《むらやく》が、浪人《ろうにん》(主家《しゅけ》をはなれた武士《ぶし》)をやとって教《おし》えさせた寺子屋《てらこや》もありました。寺子屋《てらこや》で学《まな》ぶ子《こ》どもたちのことを、寺子《てらこ》といいました。

「なんだ、なんだ。寺子屋《てらこや》けえ。寺子屋《てらこや》なら、とんとんぶき(うすい板《いた》でかんたんにふいた屋根《やね》)の安普請《やすぶしん》で間《ま》に合《あ》うんじゃねえかねえ」

新《あたら》しい家《いえ》を建《た》てるには、まず山《やま》に行《い》って、材木《ざいもく》を買《か》うことからはじめます。それには、何年《なんねん》も前《まえ》からとりかからなくてはなりません。

山《やま》から木《き》を伐《き》り出《だ》して、しっかり乾燥《かんそう》させずにすぐつかうと、木《き》がちぢんだりして、寸法《すんぽう》にくるいが出《で》てきます。乾燥《かんそう》には、三年《ねん》は必要《ひつよう》でした。ですが、これでは急《きゅう》の用事《ようじ》に間《ま》に合《あ》いません。

ところが、古《ふる》い家《いえ》を買《か》い取《と》れば、すぐつかえます。

古《ふる》い家《いえ》を解体《かいたい》しないで、そのまま水平《すいへい》に引《ひ》っぱって移築《いちく》することを、曳《ひ》き家《や》といいました。それを専門《せんもん》にする職人《しょくにん》を、曳《ひ》き家鳶《やとび》といいます。

曳《ひ》き家《や》は、まず、新《あたら》しく建《た》てる場所《ばしょ》に、土台《どだい》をつくっておきます。そして、家《いえ》をそこに向《む》けて引《ひ》っぱります。でも、せいぜい、十メートルか二十メートルほどずらす工事《こうじ》がほとんどです。

小安《こやす》から生麦《なまむぎ》の関口家《せきぐちけ》までは、大通《おおどお》り（東海道《とうかいどう》）を二キロメートルはありました。ころをかまして引《ひ》っぱるにしても、ちょっと遠《とお》すぎて無理《むり》だ、ということになりました。それで、解体《かいたい》することになったのです。

ですから、藤右衛門《とうえもん》の寺子屋《てらこや》の工事《こうじ》は、正式《せいしき》には曳《ひ》き家《や》とはいわないのですが、鶴見《つるみ》ではそういっていました。

解体《かいたい》は、八月十九日《がつにち》からでした。

屋根《やね》の古《ふる》かや（屋根《やね》をふく草《くさ》の総称《そうしょう》）、古畳《ふるだたみ》、戸障子《としょうじ》は、再生《さいせい》ができず、すてなくてはなりませんでした。

たとえば火事《かじ》のときなど、家《いえ》をこわす場合《ばあい》は、とびぐち（鳶《とび》のくちばしのような形《かたち》の鉤《かぎ》をつけた道具《どうぐ》)を大黒柱《だいこくばしら》とか横《よこ》げたにひっかけて、いっきに引《ひ》きたおすのですが、この家《いえ》は、そういうわけにはいきません。一枚《まい》一枚《まい》、一本《ぽん》一本《ぽん》、ていねいにはずしていきました。

壁板《かべいた》のはがしや、床板《ゆかいた》のはがしは楽《らく》でした。

二本《ほん》のかじや(くぎぬき。てこにもつかう)をつかいます。一本《ぽん》を板《いた》のつぎ目《め》にさしこんで、もう一本《ぽん》をその下《した》にあてがい、てこにしてぐいっとやると、ばりんとはがれました。それでもけっこう、ほこりはもうもうでした。

「おい、床下《ゆかした》に、なんかなかった?」

「なんかって?」

「かめとかよう」

「かめ?」

「だからよう、ここの隠居《いんきょ》が、息子《むすこ》とか嫁《よめ》にかくれて、ちゃりん、ちゃりんとためこんでよう。そのまんまわすれられてるなんてえのが、なかったかよう」

「まさか」

こんな調子《ちょうし》で、とりこわしには三日《みっか》かかりました。

建喜《たてき》から手伝《てつだ》いに出《で》たのは、幸吉《こうきち》、亀吉《かめきち》、千太郎《せんたろう》の三人《にん》でした。

ほこりまみれの仕事《しごと》でしたが、建喜《たてき》の仕事場《しごとば》のように、うるさいあにさんたちがいないところなので、のーびのび、三人《にん》とも、お祭《まつ》り気分《きぶん》でした。

いつもおかしなことをいって、笑《わら》わせるのは、亀吉《かめきち》です。

柱《はしら》を支《ささ》えたまるい石《いし》があると、ひろってきて、重《かさ》ねました。

「落《お》ちて重《かさ》なる牛《うし》の糞《くそ》」

するといちいち、けたけた笑《わら》って喜《よろこ》ぶのは、幸吉《こうきち》でした。千太郎《せんたろう》はなにをいってるのか、意味《いみ》がわからず、きょとんとしました。すると、それがまたおかしくて、亀吉《かめきち》と幸吉《こうきち》はきゅうきゅう笑《わら》いました。

幸吉《こうきち》は、少々《しょうしょう》図《ず》にのって、悪《わる》ふざけをしました。細《ほそ》めの石《いし》があると、千太郎《せんたろう》の足《あし》もとに転《ころ》がし、

「あ、千《せん》ちゃん、落《お》とし物《もの》」

と、けたけた笑《わら》いました。

「おめえら、なにしにきてるだ？　口《くち》をいごかすよか、手《て》をいごかせ。もうおめえら、ここに来《き》たら、がきじゃねえんだぞ。一丁前《いっちょうまえ》だ。いつまでも、がき気分《きぶん》でいやがって」

解体《かいたい》の鳶《とび》の親方《おやかた》、安兵衛《やすべえ》にどなられました。

亀吉《かめきち》と幸吉《こうきち》は首《くび》をちぢめて、柱《はしら》を運《はこ》ぶふりをしますが、親方《おやかた》がいなくなると、また千太郎《せんたろう》をからかいだしました。

千太郎《せんたろう》だって、亀吉《かめきち》のつっこみをうまくかわしたいところですが、とてもその機転《きてん》はありません。くやしいけど、聞《き》こえないふりをしました。

「千太郎《せんたろう》はやぼだ。な、幸《こう》ちゃん」

「ああ、千《せん》はやぼ天《てん》だ」

どうせおら、やぼだ。でも、亀《かめ》ちゃんも幸《こう》ちゃんも、遊《あそ》んでると、きっとまたおこられるぞ。おら、おこられるのはいやだ。親方《おやかた》、おっかねえもん。ちゃんと仕事《しごと》しよっと。

あいかわらずふざけている亀吉《かめきち》と幸吉《こうきち》からはなれると、千太郎《せんたろう》はひとり、黙々《もくもく》と

柱《はしら》を運《はこ》びはじめました。

さて、生麦《なまむぎ》の関口屋敷《せきぐちやしき》の方《ほう》でも、土台《どだい》の工事《こうじ》ができあがり、つぎつぎとどく柱《はしら》が立《た》てられていました。

そして、九月《がつ》十九日《にち》、棟上《むねあ》げです。

関口家《せきぐちけ》では、もち米《ごめ》一俵《ぴょう》をついて、お祝《いわ》いの餅《もち》まきをしました。

「これを、建喜《たてき》にもとどけてもらいたい。建喜《たてき》から、手伝《てつだ》いが来《き》てるはずだ。その者《もの》にことづけよう」

藤右衛門《とうえもん》が、親方《おやかた》の安兵衛《やすべえ》にいいました。

「へえ、建喜《たてき》からは、小僧《こぞ》っ子《こ》三人《にん》が来《き》ています」

というわけで、千太郎《せんたろう》たちが呼《よ》ばれ、餅《もち》と赤飯《せきはん》をわたされました。

「おやっ、おまえは生麦《なまむぎ》のもんじゃないか？」

藤右衛門《とうえもん》は、千太郎《せんたろう》の顔《かお》をのぞいていいました。

「浜《はま》でよく遊《あそ》んでたな」

「へえ、万三《まんぞう》のせがれで、千太郎《せんたろう》と申《もう》しますんで」

「そうか、建喜《たてき》に入《はい》ったか?」

「へえ」

藤右衛門《とうえもん》と千太郎《せんたろう》の出会《であ》いでした。

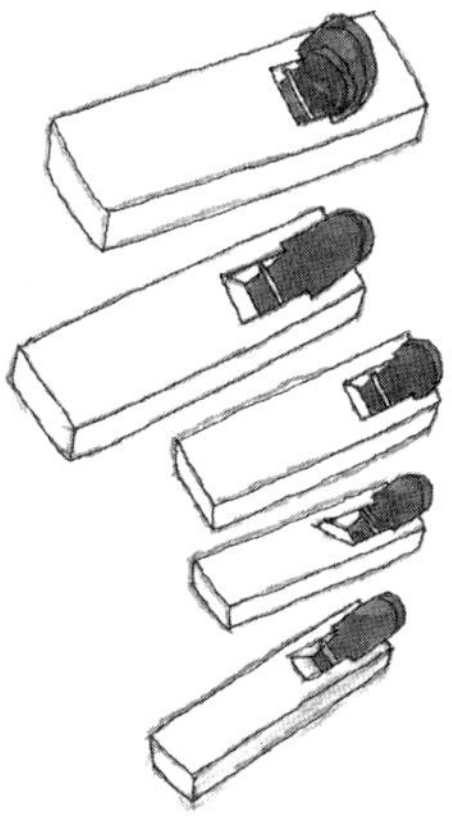

十六 ❁ 建喜《たてき》の正月《しょうがつ》

文化《ぶんか》十二年《ねん》（一八一五年《ねん》）、千太郎《せんたろう》九歳《さい》の正月《しょうがつ》は、朝《あさ》のうちは晴《は》れでしたが、昼近《ひるちか》くなるとくもってきて、風《かぜ》も出《で》てきました。「ならい」といって、冬《ふゆ》に東日本《ひがしにほん》の海沿《うみぞ》いで吹《ふ》く、冷《つめ》たい北《きた》の風《かぜ》です。

それでも鶴見《つるみ》の浜《はま》では、「乗《の》り初《ぞ》め」がありました。乗《の》り初《ぞ》めというのは、生麦《なまむぎ》の漁師《りょうし》たちの、正月《しょうがつ》の祝《いわ》い行事《ぎょうじ》です。とはいっても、かざりたてた漁船《ぎょせん》が、浜沿《はまぞ》いに鶴見《つるみ》の橋《はし》の下《した》まで行《い》き、また生麦《なまむぎ》の港《みなと》へ帰《かえ》るだけのものですが、船《ふね》からは、浜《はま》につめかけた見物人《けんぶつにん》に、ミカンを投《な》げてくれました。

建喜《たてき》の見習《みなら》いの三人《にん》も、浜《はま》へ見物《けんぶつ》にいっていいという、ゆるしが出《で》ました。

船《ふね》に立《た》てたのぼりも帆柱《ほばしら》も、ならいの風《かぜ》にあおられて、横《よこ》だおしになり、あわや

船《ふね》はしずみそうなほどかたむきました。そのたびに、浜《はま》の見物人《けんぶつにん》たちは、

「うわあ！」

と声《こえ》をあげました。

帆柱《ほばしら》をたおすのは、軽業《かるわざ》のようなもので、船頭《せんどう》たちの得意技《とくいわざ》でした。

それから、これも乗《の》り初《ぞ》めの見《み》せ場《ば》のひとつですが、船《ふね》を軽《かる》くし、足《あし》をはやくするために、荷物《にもつ》をわざと海《うみ》へすてたりしました。もっとも、それをひろう役《やく》の舟《ふね》も、ちゃんと用意《ようい》してありましたが――。

見物《けんぶつ》に出《で》ていった亀吉《かめきち》と幸吉《こうきち》は、船《ふね》から投《な》げられたミカンを、上手《じょうず》に受《う》けとめました。ところが、ちょっと不器用《ぶきよう》でのんびり屋《や》の千太郎《せんたろう》は、とりそこないました。

それを見《み》ていた見物人《けんぶつにん》のなかに、こうはやしたてた人《ひと》がいました。

「ミカンを落《お》としたんじゃあ、福《ふく》も落《お》ちちまわあ。こりゃ、今年《ことし》の建喜《たてき》にゃ、運《うん》はねえな」

それを聞《き》いた千太郎《せんたろう》は、ざぶざぶ海《うみ》のなかへ入《はい》っていって、ういているミカンを、ひろってきました。これには、亀吉《かめきち》たちばかりでなく、町《まち》の人《ひと》たちもびっくり。

「冷《つめ》たくねえのかよう」

「風邪《かぜ》ひくぞ」

「ばっかなやつ、ミカン一個《こ》でよう」

たしかに水《みず》は冷《つめ》たかったですが、自分《じぶん》のせいで建喜《たてき》の運《うん》がさがってしまっては、たいへんです。千太郎《せんたろう》は、自分《じぶん》の運《うん》がさがるだけならかまいませんでしたが、棟梁《とうりょう》やあにさんたち、建喜《たてき》のみんなまでまきこんではいけないと思《おも》ったのでした。

「うん、これで今年《ことし》の建喜《たてき》も、万々歳《ばんばんざい》だ。福《ふく》をとりこんでよう。運勢上々《うんせいじょうじょう》」

さっきはやした人《ひと》も、千太郎《せんたろう》を見《み》て、そういいました。


建喜《たてき》の仕事場《しごとば》は、正月《しょうがつ》だからといって、何日《なんにち》も休《やす》んだりしません。かといって、正月早々《しょうがつそうそう》から、とんとん、かんかん、ずーいずいとやるのも、世間《せけん》をはばかるものがありました。

そこで三日《みっか》から、亀甲《きっこう》の組子《くみこ》をやることになりました。棟梁《とうりょう》や正吉《しょうきち》あにさんが、職人《しょくにん》たちに技《わざ》を教《おし》える講習会《こうしゅうかい》です。建喜《たてき》の仕事場《しごとば》にとっては、正月《しょうがつ》の遊《あそ》びのようなもの、といっていましたが、さすがに内容《ないよう》にはきびしいものがあります。

「組子《くみこ》ってえのは、ぜいたくなもんだ。いっちばんいい木《き》をつかう。銘木《めいぼく》てえやつよ。うちでは、木曾檜《きそひのき》に決《き》めてる。つやがあって、かおりがよくて、すなおでいい。同《おな》じ檜《ひのき》でも、あくの出《で》るのもあるが、それはそれで、ほかにつかい道《みち》がある」

棟梁《とうりょう》がいいました。

仕事場《しごとば》の真《ま》ん中《なか》には、組子《くみこ》のこまが、いくつも山《やま》になっていました。

「きょうは、麻《あさ》の葉《は》をやる」

棟梁《とうりょう》は、細《ほそ》い角棒《かくぼう》をとりあげました。

「いいか、見《み》てろ。まず、桟《さん》を組《く》み合《あ》わせて、亀甲《きっこう》をつくる。これが図柄《ずがら》の単位《たんい》だ。いいか、寸法《すんぽう》をしっかり合《あ》わせねえと、まずいぞ」

桟《さん》と桟《さん》を合《あ》わせると、正六角形《せいろっかくけい》ができます。この正六角形《せいろっかくけい》が、組子《くみこ》の基本《きほん》です。この正六角形《せいろっかくけい》のすきまにこまを組《く》みこんで、そこから、麻《あさ》の葉《は》や桜《さくら》、胡麻《ごま》の花《はな》などの連続模様《れんぞくもよう》もできました。細《こま》かい組子《くみこ》がきちっと入《はい》っていくと、全体《ぜんたい》がしっかりします。

「組子《くみこ》のこまは、両端《りょうはし》を六十度《ど》にけずっておく。亀甲《きっこう》のなかに、きちっとおさまったか？　ゆるくてもだめだぞ。こうやってこまをしっかりうめていきゃあ、大盤石《だいばんじゃく》だ」

棟梁《とうりょう》は、こまを上手《じょうず》につまみ、器用《きよう》に亀甲《きっこう》のなかに組《く》んでいきました。きっちりはまって動《うご》かないのは、どのこまも正確《せいかく》に、同《おな》じ形《かたち》にできているからです。ひとつでも小《ちい》さかったり、あるいはまがっていたりすると、模様《もよう》はくずれてしまいます。神経《しんけい》を集中《しゅうちゅう》させ、かっちりはめていかなければならないので、だれもしゃべったりしません。

はめ終《お》わると、上《うえ》の面《めん》をそろえるために、かんなをすうっとかけました。すると、檜《ひのき》のつーんとするにおいがしました。


一月《がつ》二十二日《にち》は、「太子講《たいしこう》」の日《ひ》です。年《ねん》に一度《ど》、持《も》ちまわりで、聖徳太子《しょうとくたいし》の木像《もくぞう》とか、かけ軸《じく》をかざり、その前《まえ》に大工《だいく》の七《なな》つ道具《どうぐ》、かなづち、さしがね、のみ、かんな、のこぎり、ちょうな、すみつぼ、などをならべ、お神酒《みき》を供《そな》えました。

大工《だいく》や左官《さかん》、建具《たてぐ》の職人《しょくにん》たちは、自分《じぶん》たちの守《まも》り神《がみ》として、聖徳太子《しょうとくたいし》を信仰《しんこう》していました。なぜ、聖徳太子《しょうとくたいし》なのでしょうか。たぶん、聖徳太子《しょうとくたいし》はたくさんの寺院《じいん》を建《た》てたので、建築《けんちく》に理解《りかい》があると思《おも》われていたのではないでしょうか。

その日《ひ》は、仕事《しごと》を休《やす》んで、地域《ちいき》の職人《しょくにん》が集《あつ》まりました。のみ食《く》いする集《あつ》まりではなく、仲間《なかま》うちのとり決《き》めをする、大事《だいじ》なより合《あ》いでした。

入《い》り手間《てま》は、大工《だいく》はいくら、左官《さかん》はいくら。手間《てま》ぶち(弁当代《べんとうだい》)はどうしよう、などが、この日《ひ》に決《き》まったのでした。このころは、ものの値段《ねだん》がよく変《か》わったので、毎年変更《まいとしへんこう》しなければなりませんでした。

その年《とし》の当番《とうばん》は、川崎《かわさき》の建留《たてとめ》でした。喜右衛門《きえもん》のところには、建留《たてとめ》の棟梁《とうりょう》から、

「いかがでしょう。前《まえ》の日《ひ》の二十一日《にち》は、初大師《はつだいし》です。その日《ひ》からいらしてください。その夜《よる》はゆっくり、大工話《だいくばなし》でもいたしませんか」

と、さそいがありました。

そこで喜右衛門《きえもん》も、川崎《かわさき》にある厄《やく》よけ大師《だいし》に行《い》くことになりました。

「おらんとこだ、太子講《たいしこう》は」

亀吉《かめきち》は、千太郎《せんたろう》にいいました。

「おめえも来《こ》いよな。会《かい》の後《あと》、寒鴨《かんがも》を出《だ》すと、おっかちゃんがいってた」

鴨《かも》？　鴨《かも》なんか、川《かわ》っぷちを飛《と》んでるところなら見《み》たことはありますが、千太郎《せんたろう》は、食《た》べたことなんてありません。鴨《かも》は、将軍《しょうぐん》さまが鷹狩《たかが》りをするためのえもので、いつもは、村《むら》の者《もの》は、とってはいけないことになっていました。

「あんなうめえもんはねえ」

亀吉《かめきち》があまりにいうので、千太郎《せんたろう》は、その日《ひ》を楽《たの》しみにしていました。ところが、くじを引《ひ》いたところ、千太郎《せんたろう》は仕事場《しごとば》のるすばんがあたってしまいました。

「どうしてだよう、おらばっか」

千太郎《せんたろう》にしてみれば、太子講《たいしこう》はどうでもよかったのですが、うめえという鴨《かも》が食《た》べられないのは、なんともくやしいところでした。

「いひひひ……。千《せん》ちゃんは、はずれか」

幸吉《こうきち》がうれしそうにいったので、千太郎《せんたろう》はよけいむしゃくしゃしました。

十七 太子講《たいしこう》の日《ひ》

ひとりのんびり、仕事場《しごとば》で背《せ》すじをのばしたり、手《て》を陽《ひ》にかざしたりしているうちに、千太郎《せんたろう》は、鴨《かも》を食《た》べそこねたくやしさもすこしうすれ、落《お》ちついてきました。

千太郎《せんたろう》がなに気《げ》なく道具棚《どうぐだな》を見《み》ると、新吉《しんきち》あにさんののみが、といしをかけて、古《ふる》てぬぐいをまいて、おいてありました。

新吉《しんきち》あにさんは、ふだんは道具《どうぐ》を大事《だいじ》にし、ほったらかしになんかしないのですが――。手《て》にとると、ずしんとくる重《おも》み、刃《は》を指《ゆび》にあてると、背《せ》すじがすっと冷《つめ》たくなるくらい、ぎんぎんにといでありました。

千太郎《せんたろう》は、のみの切《き》れ味《あじ》を、ちょっとためしてみたくなりました。そこで、落《お》ちていた木片《もくへん》をひろってくると、のみの刃《は》をあててみました。

あにさんたちの仕事《しごと》を横《よこ》で見《み》てると、いつも、のみは木《き》にすぱっと入《はい》り、ぐぐっとえぐれました。

ところが、自分《じぶん》がやってみると、ぜんぜんのみが木《き》にささっていきません。刃先《はさき》がつるっとすべって、あやうく、おさえていた足《あし》の指《ゆび》にあたりそうになり、ひやっとしました。

暮《く》れからこっち、家《いえ》まわりの植木《うえき》の手入《てい》れをしていたので、手《て》にいくつか血《ち》まめができていて、ちょっと手《て》に力《ちから》をいれると、ずきんと痛《いた》みました。それをかばうので、よけい、のみがすべってしまうことになるのでした。

「ぶきだなあ」

とつぜん、後《うし》ろで声《こえ》がしました。

はっとしてふり返《かえ》ると、若棟梁《わかとうりょう》の秋次《あきじ》が立《た》っていました。

あれっ、太子講《たいしこう》に行《い》ったんじゃねえっすか？　なにかきげんをそこねて、行《い》かなかったんだろうか。そういうとき、若棟梁《わかとうりょう》はおっかねえだ。

それだけで千太郎《せんたろう》は、すうっと血《ち》が引《ひ》き、青《あお》くなってしまいました。

あっ、張《は》りたおされる！　千太郎《せんたろう》は転《ころ》がらないよう、下腹《したばら》にぐっと力《ちから》を入《い》れ、ぎゅっと奥歯《おくば》をかみしめました。

「なんでえ、よすこたあねえだろう。つづけろ」

「へっ？　あのう……」

「やめねえで、やってみろっていったんだ」

そこで千太郎《せんたろう》は、がたがたふるえながら、のみを持《も》ちなおし、木片《もくへん》に刃《は》をあてました。そのとたん、刃《は》がすっとそれて、左手《ひだりて》にぎりりっと刃《は》がささってしまいました。

「木《き》が乾《かわ》いて、かんかんなんだ。水気《みずけ》のあるやつで、やってみろ」

千太郎《せんたろう》は、血《ち》のふき出《で》るきずをおさえることもできず、おろおろしていると、たちまち、木片《もくへん》も千太郎《せんたろう》の指《ゆび》も、まっ赤《か》になってしまいました。

「ははは……。半人前《はんにんまえ》にもなんねえ小僧《こぞ》っ子《こ》に、道具《どうぐ》いじられちゃ、職人《しょくにん》がおこるぞ。もっとも、大事《だいじ》なもんを棚《たな》にほっぽっとくやつが悪《わる》いけんどよう。けえってくる前《まえ》に、ちゃんとかたづけとけや」

「へえ」

「ほら、これでふいとけ」

秋次《あきじ》は、そういって自分《じぶん》のふところからてぬぐいを出《だ》すと、千太郎《せんたろう》に投《な》げてよこしました。まっさらで、きちんとたたんであるてぬぐいでした。

「と、とんでもねえっす。じ、自分《じぶん》のがありやすから」

千太郎《せんたろう》は、血《ち》のついてない右《みぎ》の手《て》の甲《こう》で、そっとてぬぐいを返《かえ》しました。


「ど、どうしたのさ、その血《ち》は」

おどろいた声《こえ》をかけてきたのは、ねえちゃんのおこうでした。そのときにはもう、秋次《あきじ》はいませんでした。

千太郎《せんたろう》は、血《ち》が止《と》まらず、ちょっとでも動《うご》かすと、じわっと血《ち》がふき出《だ》してくる左手《ひだりて》を、見《み》つめていました。

「ばかだね、血止《ちど》めしなきゃあだめじゃないか。若棟梁《わかとうりょう》かい？　なんかおまえ、気《き》にさわるようなことといって、おこらせたのかい？　わかってるって。さっきまでここに、若棟梁《わかとうりょう》、いたじゃないか。あの人《ひと》、気《き》まぐれなんだってよ。気《き》をつけなって、

いっといたろう」

「若棟梁《わかとうりょう》のせいじゃねえ」

「じゃ、そのけがはどうしたのさ」

「おら、手《て》がすべって……」

「千《せん》ちゃん、てぬぐいをおよこしっ」

おこうは、千太郎《せんたろう》のてぬぐいをびりっとさくと、ぐいぐい手《て》をしばって、血止《ちど》めをしてくれました。

「気《き》をつけな、若棟梁《わかとうりょう》には」

「ちがうよう、若棟梁《わかとうりょう》のせいじゃねえって」

若棟梁《わかとうりょう》は、ねえちゃんが思《おも》ってるような人《ひと》じゃねえんだ。千太郎《せんたろう》は、そういおうとしましたが、でも、なんと説明《せつめい》していいのか……。とてもそんなめんどうなこと、千太郎《せんたろう》には無理《むり》なので、だまっているしかありませんでした。

秋次《あきじ》は、おろおろしている千太郎《せんたろう》に、

「建具《たてぐ》ってえのは、ただの戸障子《としょうじ》だけんどよ。でも、どっかちがわなきゃなあ。たとえばよう、組子《くみこ》の細工《さいく》よ。おやじの仕事《しごと》は、まあまあ、あかぬけてる方《ほう》だ。江戸《えど》の組子師《くみこし》ってえ連中《れんちゅう》は、やれ、清元《きよもと》(語《かた》りものの一種《いっしゅ》)だ、地唄舞《じうたまい》だって、夢中《むちゅう》になってらあ。おやじの浄瑠璃《じょうるり》？　うふっ、ありゃあ、ちっと粋《いき》から遠《とお》くてよ。ばち(場違《ばちが》い)ってとこかねえ。江戸《えど》の棟梁《とうりょう》たちの仕事《しごと》てえのは、つやがあらあ。でもよう、そいつは見《み》てくれだけさ。ぶきがぶきなりにたんせいこめた仕事《しごと》こそ、値打《ねう》ちがあらあ。人《ひと》の心《こころ》を打《う》つんだぜ。ま、急《いそ》ぐこたあねえやね。じっくり、ゆっくり、やっていこうぜ」

といってくれたのです。

秋次《あきじ》は、自分自身《じぶんじしん》にもいい聞《き》かせていたのかもしれません。

千太郎《せんたろう》は、秋次《あきじ》のことばが、心《こころ》にずーんとしみこんだように思《おも》いました。

「おらあぶきだ。のろまでよう。でも、ぶきだけんどぶきなりに、たんせいこめりゃいいんだ」

と、心《こころ》のなかでさけんでいました。ふき出《で》る血《ち》は、ねえちゃんにまかせて――。

十八 仕事場《しごとば》の月《つき》

文化《ぶんか》十三年《ねん》（一八一六年《ねん》）、千太郎《せんたろう》十歳《さい》のある春《はる》の日《ひ》、千太郎《せんたろう》は棟梁《とうりょう》に呼《よ》ばれました。

「どうだ、ちったあ慣《な》れたか？　そろそろ、かんなでもやってみるか？」

「へっ？」

呼《よ》びつけられ、なにをおこられるのかと、こっちこちになっていた千太郎《せんたろう》は、棟《とう》梁《りょう》のことばが、すぐに理解《りかい》できませんでした。

「どうした、千太郎《せんたろう》」

棟梁《とうりょう》は、こちこちに固《かた》まっている千太郎《せんたろう》を見《み》て、笑《わら》いだしました。

「だいじょうぶか？」

「……」

「千太郎《せんたろう》、かんなかけやってみろと、いったんだ」

「へっ？　か、かんな？　ああ、かんなですか」

「ここに来《き》て、どんくれえになる？」

「へえ、酉《とり》（文化《ぶんか》十年、一八一三年《ねん》）の春《はる》にめえりやしたから、戌《いぬ》、亥《い》、子《ね》で、ちょうどまる三年《ねん》たちやした」

千太郎《せんたろう》は、新吉《しんきち》あにさんのかんなを思《おも》い出《だ》しました。するする舞《ま》いあがる、かんなくずも。

あれをおらが？　できねっす。とっても無理《むり》っす。

とっさに両手《りょうて》を胸《むね》のところでふって、後《あと》ずさりしました。

新吉《しんきち》あにさんが、棟梁《とうりょう》にいわれて、千太郎《せんたろう》のところにやって来《き》ました。

「千太郎《せんたろう》、いよいよかんなか」

「……」

「製材《せいざい》した板《いた》が、今朝《けさ》とどいたな。おめえも運《はこ》んだから、知《し》ってんだろ。そいつに、かんなをかけてもらう」

新吉《しんきち》あにさんは、棚《たな》にならべてあるかんなをとりあげました。

「かんなは刃《は》が大事《だいじ》だが、台《だい》も大事《だいじ》だ。かんなは台《だい》で切《き》れるってえくれえだ。こいつは、くるいのこねえ白樫台《しらかしだい》だ」

「……」

「わかってんのか、千太郎《せんたろう》。よし、いいか。うまに、板《いた》を引《ひ》っかけろ」

千太郎《せんたろう》はいわれるままに、板《いた》をうまに立《た》てかけました。

「千太郎《せんたろう》、左側《ひだりがわ》に立《た》て。ぐっと腰《こし》に力《ちから》を入《い》れて、思《おも》いっきり腕《うで》をのばして、てっぺんからいっきに引《ひ》いてみろ。ちがう、ちがう。左手《ひだりて》でかんなの頭《あたま》と刃《は》をおさえ、右《みぎ》手《て》はかんなの胴《どう》をしっかりおさえる。右《みぎ》に全身《ぜんしん》の力《ちから》をかけろ。体《からだ》で引《ひ》くんだ」

いわれたとおり、右手《みぎて》でかんなをにぎり、左《ひだり》の手《て》をそえて、すうっ……と。とはいきませんでした。ずずっ、すう、ぎくっ、ずずう。

「だめだ、だめだ。波《なみ》うってらあ。かんなかけねえ方《ほう》が、なめらかじゃねえかよ。そうか、おめえ、まだやせっぽちだ。大工《だいく》の体《からだ》してねえか。ま、精《せい》いっぱいやってみろ。さ、もういっぺん」

新吉《しんきち》あにさんは、目《め》をつりあげ、声《こえ》もいちだんと高《たか》くなりました。それだけ真剣《しんけん》なのです。千太郎《せんたろう》は、それに気《き》づくと、よけい全身《ぜんしん》がこちこちになりました。仕事場《しごとば》のみんなも、「ぶきなやつ」と、はじめにやにやしていましたが、新吉《しんきち》あにさんのきびしい声《こえ》に、こそこそ自分《じぶん》の仕事《しごと》にもどっていきました。

そういう気配《きくば》りが、ぜんぜんできない幸吉《こうきち》は、

「千《せん》、がんばれ」

と、にやにやしたもんで、新吉《しんきち》あにさんに、

「うるさいっ」

と、どなられました。

千太郎《せんたろう》はもう一度《いちど》、はすになった板《いた》のてっぺんにかんなをおき、引《ひ》っぱるようにおろしましたが、やはり、途中《とちゅう》で引《ひ》っかかりました。

「ばか、まぬけ。なにやってんだ。節《ふし》もねえとこで、引《ひ》っかかるやつがあっか」

千太郎《せんたろう》は、目《め》のおくが熱《あつ》くなってきました。

そこで、ぐっと唇《くちびる》をかみしめました。なみだを止《と》めようと思《おも》ったのですが、千太《せんた》

郎《ろう》の気持《きも》ちとは関係《かんけい》なく、目《め》がぬれてしまいました。

それどころか、喉《のど》のあたりで、「ぐぐっ」と変《へん》な音《おと》も出《で》てしまいました。

「やい、千太郎《せんたろう》。みんな、おめえの引《ひ》く板《いた》を待《ま》ってんだ。それが戸障子《としょうじ》や戸板《といた》こさえんだぞ。もたもたしてたら、みんな、手《て》を空《あ》けて待《ま》たなきゃなんねえんだ。わかってんのか」

「へえ」

「よし、その板《いた》、おめえのけいこ用《よう》だ。すうっとかんながいごくようになるまで、けずれ。経木《きょうぎ》(木《き》を紙《かみ》のようにうすくけずったもの)になるくれえにしてみろ」

おら、どうしてできねえんだろう。みんなのかんなかけを見《み》てると、すうっと、なんでもねえようなのに……。かんなくずだって、光《ひか》るようにうすい、天女《てんにょ》のはごろもみてえなのに。おらのかんなくずは、まるで切《き》り干《ぼ》し大根《だいこん》だ。おら、やっぱぶきなんだ。大工《だいく》にゃあ、向《む》いてねえのかもしんねえな。大工《だいく》になんの、あきらめるしかねえのかなあ。あーあ、新吉《しんきち》あにさんは棟梁《とうりょう》に、「千《せん》のやつ、見《み》こみありやせん」といいつけ、きっとおら、生麦《なまむぎ》に帰《かえ》らされるんだ。その方《ほう》がいいや。あっ、でも、おとっつぁんやおっかちゃんは、こまるかもしんない。ねえちゃんは、きっとおこるな。

腕《うで》も足《あし》も、腰《こし》も、痛《いた》くてたまりません。

夜《よる》、ふとんに入《はい》っても、あちこちずきずきして、ねむれませんでした。

いっそ起《お》きて、仕事場《しごとば》で、ひとりでけいこでもしようかな。そうだ、そうしよう。

千太郎《せんたろう》は、そっと起《お》きだすと、暗《くら》いなかを手《て》さぐりで仕事場《しごとば》へ行《い》き、うまを立《た》て、板《いた》をのせました。

ずう、ずずず、ずう……。

やはり、ちっともうまくいきません。板《いた》とかんなの刃《は》が、合《あ》っていないのでしょうか。明《あ》かりのない仕事場《しごとば》で、手《て》さぐりでやっているから、板《いた》のおき方《かた》や、刃《は》の位《い》置《ち》がちがっているのでしょうか。

もう一度《いちど》! 千太郎《せんたろう》は自分《じぶん》に号令《ごうれい》をかけ、ぐっと腰《こし》に力《ちから》を入《い》れ、思《おも》いっきり腕《うで》をのばして、いっきにかんなを引《ひ》きました。

ずずう、ずっ、ずずず、ずう。

やはりだめです。どうしてなんだろう。よし、もういっぺん。

その夜《よる》は、月《つき》の出《で》がおそかったのか、やっとそのころ、窓《まど》の桟《さん》のすきまから、青《あお》白《じろ》い光《ひかり》がさしこみました。千太郎《せんたろう》は、窓《まど》の板戸《いたど》を開《あ》けました。青白《あおじろ》く、たよりない月《つき》でしたが、千太郎《せんたろう》の引《ひ》く板《いた》を、すこし白《しろ》くうきたたせてくれました。

とつぜん、だれかが、仕事場《しごとば》に入《はい》ってきました。

「なんだ、なんだ。ごそごそいうんで、どろぼうでもへえったんかと思《おも》ったぜ。千《せん》太郎《たろう》じゃねえか」

若棟梁《わかとうりょう》の秋次《あきじ》でした。千太郎《せんたろう》は、きっと張《は》りたおされると思《おも》い、ぐっと目《め》をつぶりました。

「かんなかけのけいこか？　見《み》ててやっから、やってみろ」

意外《いがい》な秋次《あきじ》のことばに、千太郎《せんたろう》は覚悟《かくご》を決《き》めました。太子講《たいしこう》の日《ひ》にも、秋次《あきじ》は千《せん》太郎《たろう》のいたずらをおこらず、はげましてくれました。

「へえ、やってみます」

千太郎《せんたろう》は、腰《こし》にぐっと力《ちから》を入《い》れました。板《いた》のてっぺんにかんなをおき、すうっと引《ひ》っぱりました。もちろん、うまくいきません。

「ちょいとそのかんな、貸《か》してみろ」

秋次《あきじ》は、千太郎《せんたろう》がつかっているかんなを、目《め》の高《たか》さに持《も》っていって、かんかんと台尻《だいじり》をたたきました。

「かんなは悪《わる》くねえなあ。そうか、おめえの手《て》に、このかんなが合《あ》わねえってこともあるな。よし、これでやってみろ」

秋次《あきじ》は、自分《じぶん》の道具箱《どうぐばこ》を棚《たな》からおろし、すこし小型《こがた》のかんなを出《だ》しました。

「ほれよ、これでやってみな。いいか、大事《だいじ》な道具《どうぐ》だ。刃《は》をおっかいてくれんなよ」

「あやあ……」

「なにやってんだ。けずってみろ」

「へい」

千太郎《せんたろう》は、板《いた》をまっすぐにおき直《なお》し、深呼吸《しんこきゅう》をして、思《おも》いっきり体重《たいじゅう》をかけ、かんなを引《ひ》いてみました。

あれ、できました。かんなくずも、するするっと出《で》てきました。さすがにまだ、天女《てんにょ》のはごろもという具合《ぐあい》にはいきませんが。

仕事場《しごとば》の外《そと》にしのんで、なかのようすをのぞこうとしている人《ひと》がいました。おこうです。物音《ものおと》が気《き》になって、見《み》にきたのです。

「あっ、千《せん》ちゃん」

やっと千《せん》ちゃん、やる気《き》を起《お》こしたんだ。

仕事場《しごとば》に飛《と》びこんでいこうとして、おこうは、はっとしました。仕事場《しごとば》は千太郎《せんたろう》ひとりではありませんでした。はじめは、月《つき》の光《ひかり》がとどかなかったのでわかりませんでしたが……。

「どうだ、千太郎《せんたろう》、そのかんなは。職人《しょくにん》にはそれぞれ、自分《じぶん》に合《あ》う道具《どうぐ》ってのが、あるんだ。そいつに出会《であ》うまで、そのかんなは、おめえに貸《か》しといてやる」

なんと、その声《こえ》は若棟梁《わかとうりょう》？　えっ、まさか。おこうがのびあがってのぞくと、月《つき》もちょうど雲《くも》から出《で》て、秋次《あきじ》の横顔《よこがお》を照《て》らしました。

やっぱ、若棟梁《わかとうりょう》！　若棟梁《わかとうりょう》が、小僧《こぞ》っ子《こ》の千太郎《せんたろう》に、かんなかけ教《おし》えてる。

がまんできなくなり、飛《と》びこんでいこうとしたとき、おこうの肩《かた》をおさえた人《ひと》が

いました。

棟梁《とうりょう》でした。

「あっ」

「しいっ」

棟梁《とうりょう》は、指《ゆび》を口《くち》にあてました。

「な、ここはそっとしとこう」

「はい」

おこうは、胸《むね》に熱《あつ》いものがいっぱいになり、それがあふれて、目《め》からこぼれそうになりました。棟梁《とうりょう》も同《おな》じらしく、ぐっと顔《かお》をそらしていました。

「ありがとうござんす、お月《つき》さん。おら、息子《むすこ》をとりもどしやした。へん、秋次《あきじ》のやつ、小僧《こぞう》にかんなかけを教《おし》えてやがる」

十九　おつぎはちりとり

かんなかけのつぎに、見習《みなら》いの小僧《こぞう》がつくらせられるのは、ちりとりでした。小《こ》僧《ぞう》の卒業制作《そつぎょうせいさく》というわけです。

どこでもというわけではなかったでしょうが、建具屋仲間《たてぐやなかま》では、かんなかけのつぎはちりとりとなっているところが、多《おお》いようでした。かんたんだけど、工夫《くふう》がいるからでしょう。

「今度《こんど》はおめえ、ちりとりだな」

亀吉《かめきち》も、千太郎《せんたろう》にそう声《こえ》をかけました。川崎《かわさき》の建留《たてとめ》でも、小僧《こぞう》のしあげは、ちりとりなのでしょう。

千太郎《せんたろう》は、そうじのたびに、ちりとりをこねくりまわしました。

「柄《え》のつけ方《かた》がむずかしそうだな。ここがいちばん、力《ちから》がかかるところだ。柄《え》がぐらぐらしたら、つかいもんになんねえや」

ま、もうちっと先《さき》のこった。とうぶんおらは、かんな修業《しゅぎょう》だと、自分《じぶん》にいい聞《き》かせました。

のんびり考《かんが》えていた千太郎《せんたろう》でしたが、かんなかけをはじめて一年《ねん》ほどたったある日《ひ》、とつぜん、正吉《しょうきち》あにさんがいいました。

「千太郎《せんたろう》、そろそろ小僧《こぞう》からぬけ出《だ》せるときが来《き》たぞ。棟梁《とうりょう》も千太郎《せんたろう》のかんなは、もういいいなといわれた」

「へっ?」

「だからよ、かんなはいちおうしめえだ。つぎは」

ああ、ちりとりっすね。来《き》たな。

ところが、正吉《しょうきち》あにさんのいったのは、思《おも》いがけないものでした。

「机《つくえ》をやってもらう」

「へっ？　机《つくえ》ってなんすか？」

千太郎《せんたろう》はびっくりしました。机《つくえ》がどんなものか、知《し》らなかったからです。それなのに、その出来《でき》いかんで、弟子入《でしい》りは先送《さきおく》りとなるかもしれないというのですから、千太郎《せんたろう》は、胃《い》のあたりがきゅっと痛《いた》くなりました。

「あのう、あにさん、机《つくえ》ってなんすか？」

「脚《あし》が四本《ほん》ある」

「えっ、脚《あし》が四本《ほん》？　馬《うま》ですか？　ああ、牛《うし》も四本《ほん》だ。牛《うし》のなにをこしらえんで？」

「うふっ、ばーか。彫物師《ほりものし》じゃねえ。そんなもんできっか。実《じつ》はな、千太郎《せんたろう》」

ある方《かた》から、机《つくえ》をつくってくれ、という注文《ちゅうもん》があったのだそうです。

「それもな、千太郎《せんたろう》につくらせろと、お名指《なざ》しだ」

「ええっ」

そんなこと信《しん》じられません。あにさんはきっと、おらをからかってんだ。

「おめえ、生麦《なまむぎ》の寺子屋《てらこや》の仕事《しごと》、手伝《てつだ》ったな」

「へえ、名主様《なぬしさま》の曳《ひ》き家《や》のとき、行《い》かしてもらいやした」

「そのとき、名主様《なぬしさま》は、おめえの仕事《しごと》っぷりを見《み》てなすったそうだ。かげひなたなくやってたと、おっしゃってたぞ」

「……」

「亀《かめ》たちが悪《わる》ふざけしても、おめえはいっしょになって遊《あそ》ばなかったそうだな」

ああ、そういえば、そんなことあったな。亀《かめ》ちゃんたちと遊《あそ》んでて、安兵衛《やすべえ》親方《おやかた》におこられて……。おら、親方《おやかた》がおっかなくて、まじめに柱運《はしらはこ》んだんだっけ。

自分《じぶん》では、親方《おやかた》がこわかったからまじめに働《はたら》いたのだ、と思《おも》っている千太郎《せんたろう》でしたが、親方《おやかた》の「もうおめえら、ここに来《き》たら、がきじゃねえんだぞ。一丁前《いっちょうまえ》だ」というこ とばに、なにか感《かん》じたところもあったのでした。名主《なぬし》の藤右衛門《とうえもん》は、そんな千太郎《せんたろう》のようすを、見《み》ぬいていたのでしょう。

「曳《ひ》き家《や》のとき、机《つくえ》見《み》てるはずだぞ」

「そんなの、あったっすか？」

「なんだ。終《お》わってっから、お道具運《どうぐはこ》びをしたんじゃねえのけ？」

「へえ、運《はこ》びやした」

「じゃ、机《つくえ》も運《はこ》んだはずだ。よし、ついて来《き》な」

千太郎《せんたろう》は、正吉《しょうきち》あにさんの後《うし》ろからついていきました。行《い》き先《さき》は生麦《なまむぎ》の関口家《せきぐちけ》で、それも、千太郎《せんたろう》たちが曳《ひ》いてきたはなれでした。

「千太郎《せんたろう》、あれが机《つくえ》だ」

「え、どれっすか？」

「部屋《へや》のすみに、積《つ》んであるだろ」

机《つくえ》とは、子《こ》どもたちが手習《てなら》いする台《だい》のことでした。手習《てなら》いが終《お》わると、当番《とうばん》の子《こ》が、部屋《へや》のすみに重《かさ》ねておくのだそうです。

「おお、来《き》たか、千太郎《せんたろう》」

名主《なぬし》の藤右衛門《とうえもん》は、千太郎《せんたろう》の名前《なまえ》を覚《おぼ》えていました。

「新《あたら》しい寺入《てらい》り(入門《にゅうもん》)があってな。机《つくえ》が足《た》りなくなって、補充《ほじゅう》しなくてはならなくなった。たのんだぞ、千太郎《せんたろう》」

「へえ」

ふつう、寺小屋《てらこや》の机《つくえ》は、入門《にゅうもん》する寺子《てらこ》が自前《じまえ》で用意《ようい》するものです。ですが、学問《がくもん》の大切《たいせつ》さを知《し》っている藤右衛門《とうえもん》は、すこしでも多《おお》くの子《こ》どもたちが入門《にゅうもん》できるように、机《つくえ》を用意《ようい》してやっているのでした。

「あのう、寺入《てらい》りてえのは、いつなんで？　その日《ひ》までに、机《つくえ》をおおさめいたすんで？」

正吉《しょうきち》あにさんが、聞《き》きました。

「ああ、そういうこったな。寺子《てらこ》の寺入《てらい》りは、初午《はつうま》に決《き》まっとる」

初午《はつうま》というのは、二月最初《がつさいしょ》の午《うま》の日《ひ》です。

「あ、今年《ことし》の初午《はつうま》てえと、八日《ようか》でやんしょう。あんまし日《ひ》がねえ、だいじょうぶかよう」

正吉《しょうきち》あにさんは、心配《しんぱい》そうに千太郎《せんたろう》をふり返《かえ》りました。

「きょうはもう、一月《がつ》の末《すえ》だ。あのう、机《つくえ》の数《かず》はどんくれえ？」

「さしあたり、三脚《きゃく》だ」

「うわっ、それはやっぱ無理《むり》っす。おらっちが助《たす》けてやるとしても。こいつはまだ、やっとかんなの修業《しゅぎょう》をしたとこです。どうでやしょう。まず、ひとつためしをつくらして。及第《きゅうだい》ってえことになったら、残《のこ》りをこしらえる、てえのは」

「そうか、わかった」

正吉《しょうきち》は積《つ》んである机《つくえ》を、「どっこいしょ」とおろしていいました。

「とにかく、寸法《すんぽう》をとらねえと」

正吉《しょうきち》は、さしがねを道具《どうぐ》ぶくろから出《だ》して、寸法《すんぽう》をとりはじめました。

本《ほん》をおいたり、お習字《しゅうじ》の半紙《はんし》をひろげる机《つくえ》の板《いた》を、甲板《こういた》とか、天板《てんばん》といいます。

脚《あし》と甲板《こういた》のあいだには、幕板《まくいた》という細長《ほそなが》い板《いた》があります。幕板《まくいた》は、二本《ほん》の脚《あし》の上《じょう》端《たん》をつなぎ、それをさらに甲板《こういた》につなぐ役目《やくめ》をします。

それに、がっちりした角材《かくざい》の脚《あし》です。机《つくえ》のすわる面以外《めんいがい》には、脚《あし》のなかほどのところに、補強《ほきょう》のための角材《かくざい》が横《よこ》にわたしてあります。

「こいつは、ちりとりよりずっとむずかしそうだ」

そのことばに、千太郎《せんたろう》は、心配《しんぱい》になりました。正吉《しょうきち》あにさんが、腕《うで》を組《く》んで、「うーん」とうなっているので、またまた不安《ふあん》になりました。

「いいか、千《せん》。名主様《なぬしさま》のお声《こえ》がかりだ。こいつはなんとしても、やりとげなきゃな。ま、ちりとりよか、ちっとは大《おお》ぶりだがよ。仕事《しごと》はかんたんかもしんねえ」

正吉《しょうきち》あにさんはそういいましたが、千太郎《せんたろう》は、にげだしたいと思《おも》いました。生麦《なまむぎ》のおらっちは、じきそこだ。でもよ、すぐつかまっちまうな。江戸《えど》の菓子屋《かしや》をにげた半公《はんこう》も、こんな思《おも》いしたんかなあ。

「千《せん》、おい、千太郎《せんたろう》、もう、うかがうこたぁねえか?」

「へっ?」

千太郎《せんたろう》は、そんなこといわれても、なにを聞《き》いていいのか……。聞《き》いていいなら、そもそも机《つくえ》そのものをどうやってこさえるのか、それを教《おし》えてほしいくらいでした。

さぁ、たいへんなことになりました。

二十 ◈ 寺《てら》子《こ》屋《や》の机《つくえ》

机《つくえ》の材料《ざいりょう》は、杉《すぎ》です。

八分《ぶ》(約《やく》二・四センチメートル)の厚《あつ》みの板《いた》を、八分板《はちぶいた》といいますが、机《つくえ》の甲板《こういた》には、それをつかうことになりました。

「手習《てなら》いの机《つくえ》には、ちっとぜいたくかもしんねえな。ま、一枚板《いちまいいた》はそったりねじれたりするから、いいやつをつかえ」

そういって、棟梁《とうりょう》がゆるしてくれました。

千太郎《せんたろう》は、寸法《すんぽう》どおりはかって、板《いた》に墨糸《すみいと》で線《せん》を引《ひ》き、のこぎりで切《き》りました。

そこまでは、千太郎《せんたろう》にだってできました。どうしていいのかわかんないのは、そのつぎです。

一通《ひととお》りの手順《てじゅん》は、正吉《しょうきち》あにさんから教《おし》えてもらいましたが、すっかり頭《あたま》が混乱《こんらん》している千太郎《せんたろう》には、さっぱり見当《けんとう》がつきません。

おそるおそる、正吉《しょうきち》あにさんの方《ほう》を、上目《うわめ》づかいで見《み》ました。

「なんだ？」

「つぎ、どうやったらいいんすか？」

「ほぞをつくる」

「ほぞってなんっすか？」

「この野郎《やろう》、いちいち聞《き》くな。ちゃんといったはずだぞ。ほぞとほぞ穴《あな》は、毎日仕《まいにちし》事場《ごとば》で、だれかがやってたろう。見《み》てねえのかよ」

「……」

「木《き》を切《き》ったら、今度《こんど》はそれを、つながなきゃいけねえだろ。そのための凸工《でこっこう》事《じ》だ」

凸工事《でこっこうじ》？　またわかんないことばが出《で》てきました。

「角材《かくざい》と角材《かくざい》を垂直《すいちょく》につなぐための、しかけだよ。つなぐ角材《かくざい》のかた方《ほう》に細長《ほそなが》いで

っぱりをつくって、もうかた方《ほう》には、それがぴったり入《はい》る穴《あな》をつくる。このでっぱりがほぞで、穴《あな》がほぞ穴《あな》だ。がっちり入《はい》ったら、めったにぬけねえ。この、ほぞとほぞ穴《あな》でつなぐ方法《ほうほう》を、ほぞつぎっていう。おぼえとけよ」

「……」

「わかったのか？」

「へえ、でっぱりをつくるんですね」

「どこにだ？」

「……」

「おいおい、だいじょうぶかよう」

そこで、正吉《しょうきち》あにさんは笑《わら》いながら、ほぞとほぞ穴《あな》の見本《みほん》をつくってくれました。

「まあ、はじめてだ。まずは、平《ひら》ほぞでいいだろ」

まっすぐな形《かたち》の、いちばん基本的《きほんてき》なほぞを、平《ひら》ほぞというそうです。

「いいか、ほぞをつくるには、角材《かくざい》の真《ま》ん中《なか》を残《のこ》すようにして、まわりにぐるっとのこぎりを入《い》れる。そして、いらねえところをのみで落《お》とすんだ。どうだ、細長《ほそなが》いでっぱりができただろう。ほぞ穴《あな》の方《ほう》は、それと同《おな》じ寸法《すんぽう》の穴《あな》を、のみでほるんだ。ちっとくるっても、机《つくえ》になんねえぞ。寸法《すんぽう》まちがえんなよ」

そういいながら、正吉《しょうきち》あにさんは、みごとなのみさばきで、ほぞとほぞ穴《あな》をつくっていきます。

「これが平《ひら》ほぞだ。きのう、新吉《しんきち》が、板戸《いたど》の平《ひら》ほぞつくってたぞ。見《み》てねえか」

「あ、そうでした。木《き》に四角《しかく》い穴《あな》ほってました」

「それがほぞ穴《あな》だ。さっきおいらも、見本《みほん》見《み》せたな」

「へえ」

「よし、じゃあやってみな」

正吉《しょうきち》あにさんに教《おし》えてもらいながら、千太郎《せんたろう》はのこぎりとのみをつかって、必要《ひつよう》な部分《ぶぶん》に、ほぞとほぞ穴《あな》をていねいにつくっていきました。

「めんどうな仕事《しごと》じゃねえ。ただ、ていねいにやれ。のみがちょっとすべっただけでも、机《つくえ》一台《だい》おしゃかだ」

ほんのすこしほぞとほぞ穴《あな》の大《おお》きさがちがうだけで、ほぞつぎはできなくなります。千太郎《せんたろう》は、しんちょうにしんちょうに、のみを動《うご》かしていきました。

ようやく、脚《あし》と補強用《ほきょうよう》の角材《かくざい》に、ほぞとほぞ穴《あな》ができました。できたほぞを、ほぞ穴《あな》にさしこんでいきます。脚《あし》と補強用《ほきょうよう》の角材《かくざい》は、しっかりとつながりました。

千太郎《せんたろう》はほっと息《いき》をつき、額《ひたい》の汗《あせ》をぬぐいました。緊張《きんちょう》のあまり、手《て》のひらにも、じっとりと汗《あせ》をかいています。

「よし、できたな。ほう、はじめてにしちゃあ、上出来《じょうでき》じゃねえか。脚《あし》ができたんなら、今度《こんど》は、それを甲板《こういた》にくっつけなきゃな。おい、千《せん》、どうやってくっつける？」

正吉《しょうきち》あにさんにそういわれても、千太郎《せんたろう》には、くぎでとめるしか思《おも》いつきません。関口家《せきぐちけ》の寺子屋《てらこや》に積《つ》んであった机《つくえ》のなかにも、くぎでとめてあったのが、たしかにありました。

「くぎ？　表《おもて》にくぎの頭《あたま》が出《で》ると、みっともねえ。それに、くぎがゆるむと、机《つくえ》はがたがくらあ。寺子《てらこ》がけがでもしたら、どうする？」

そんじゃ、どうしたらいいんだ？　千太郎《せんたろう》が顔《かお》をしかめていると、正吉《しょうきち》あにさん

は笑《わら》いながら、

「甲板《こういた》と脚《あし》とのあいだに、幕板《まくいた》をつかうんだ」

といいました。

幕板《まくいた》という細長《ほそなが》い板材《いたざい》に、脚《あし》を二本《ほん》ずつ、ほぞつぎでくっつけ、その幕板《まくいた》を、ほぞつぎとは別《べつ》のつなぎ方《かた》で、甲板《こういた》につなぐというのです。

「アリをつかって、追《お》いこみつぎってのをやる」

「え、アリ？　アリってなんですか」

「アリンコだ」

どうして机《つくえ》つくんのに、アリが出《で》てくんだ？

「アリの穴《あな》はよう、穴《あな》の入《い》り口《ぐち》は、アリ一ぴき通《とお》れっくれえの、ちっこいもんだ。だがよ、なかでぐっとひろくなってんだ。そういう形《かたち》のほぞとほぞ穴《あな》つくっといて、うまくはめりゃあ、もう金輪際《こんりんざい》ぬけねえ。それを、アリ形《がた》っていうんだよ」

千太郎《せんたろう》は、だまってうなずきました。

「甲板《こういた》の裏《うら》に、アリ形《がた》の長《なが》い溝《みぞ》をほるんだ。幕板《まくいた》の方《ほう》には、上側《うえがわ》に、はしからはしまで長《なが》く、アリ形《がた》のでっぱりをつくる。そしてそれを、甲板《こういた》の横《よこ》から、溝《みぞ》にすべりこませるようにして、はめこむんだ。そうすりゃ、いくら上下《じょうげ》に引《ひ》っぱっても、ぜってえに甲板《こういた》と脚《あし》ははずれねえ」

つぎからつぎに、いろんなしかけが出《で》てきます。いっぺんに教《おそ》わっても、千太郎《せんたろう》にはまだ、それがすぐできるだけの腕《うで》がないのですから、たいへんです。

千太郎《せんたろう》は、よっぽど、弱音《よわね》をあげようかと思《おも》いました。でも、この机《つくえ》の出来《でき》しだいで、弟子入《でしい》りできるかどうかが決《き》まるのです。

ここまで来《き》たら、やりとげるっきゃねえ……。

千太郎《せんたろう》は、腹《はら》を決《き》めました。

まず、脚《あし》の上端《じょうたん》に、平《ひら》ほぞをつくります。つぎに、幕板《まくいた》の下側《したがわ》にはほぞつぎ用《よう》のほぞ穴《あな》をほり、上側《うえがわ》には、追《お》いこみつぎのための、アリ形《がた》の細長《ほそなが》いほぞをつくっていきます。それが終《お》わると、アリ形《がた》のほぞに合《あ》わせて、甲板《こういた》にアリ形《がた》の溝《みぞ》をほっていきました。

たっぷりと時間《じかん》はかかりましたが、なんとかすべての加工《かこう》が終《お》わりました。正吉《しょうきち》あにさんも、まんぞくそうにうなずいています。

最後《さいご》のしあげに、ふちのささくれを小刀《こがたな》でけずったり、とくさ(木《き》をみがくのにつかう、ざらざらした草《くさ》)でみがいたりして、なめらかにしてから、塗料《とりょう》をぬりました。

「ほんとうなら、脚《あし》のほぞつぎは平《ひら》ほぞじゃなくて、地獄《じごく》ほぞでやんなきゃいけねえ。でもまあ、さすがに、いきなり地獄《じごく》はむずかしすぎる。最初《さいしょ》の一脚《きゃく》はこれでいい。これで名主様《なぬしさま》から合格《ごうかく》がもらえたら、残《のこ》りの二脚《きゃく》で、地獄《じごく》ほぞを教《おし》えてやる」

「へえ」

やっとの思《おも》いで机《つくえ》ができたと思《おも》ったら、実《じつ》は、もっとむずかしいしかけがあるというのです。千太郎《せんたろう》は、気《き》が遠《とお》くなる思《おも》いでした。

できた机《つくえ》を、千太郎《せんたろう》は、背中《せなか》にしょっていくつもりでした。おぶいひもでゆわいつけて行《い》けば、楽《らく》でしょう。

「ま、机《つくえ》ひとつだけんどよう。車《くるま》に積《つ》んでおとどけしろ。その方《ほう》が、かっこういい。おい、亀吉《かめきち》に幸吉《こうきち》、大八車《だいはちぐるま》の後《あと》おしをしろ」

「ひゃあ、桃太郎《ももたろう》のがいせんみてえ。へっ、千《せん》ちゃんが桃太郎《ももたろう》か。ちぇっ、この野《や》郎《ろう》。ま、いいか」

亀吉《かめきち》がいいました。

「おいら、犬《いぬ》だ。亀吉《かめき》っつぁんは、猿《さる》か？　雉役《きじやく》がいねえな。はんちくな桃太郎《ももたろう》の道中《どうちゅう》ときたか。けけけけ」

幸吉《こうきち》がいいました。

ゆっさ、ゆっさ、ぎしぎし。

車《くるま》が石《いし》をふんで、がたっと車《くるま》がかしぎました。はずみで、かたんと、机《つくえ》がずれました。千太郎《せんたろう》は、はっとしてふり返《かえ》りました。机《つくえ》は無事《ぶじ》でした。何度《なんど》こんなことがあったでしょう。

「おお、できたか」

名主《なぬし》の藤右衛門《とうえもん》は、寺子屋《てらこや》から出《で》てくると、机《つくえ》をていねいに点検《てんけん》しました。ひっくり返《かえ》したり、脚《あし》を一本《ぽん》一本《ぽん》ひねったり、たたきつけたりしました。

「うへっ」

そのたびに千太郎《せんたろう》は、いつばらばらになるか、ひやひやしました。

「ま、うちの子《こ》たちは行儀《ぎょうぎ》いいけどな。やわな机《つくえ》は、本《ほん》をおいただけで、脚《あし》がくずれる」

藤右衛門《とうえもん》は、高々《たかだか》と机《つくえ》を持《も》ちあげ、

「えいっ」

と落《お》としました。うわーっ、そ、それはごかんべんを――。

「うん、合格《ごうかく》。この机《つくえ》、びくともせん。千太郎《せんたろう》、あと二脚《きゃく》持《も》ってこい」

千太郎《せんたろう》は、地《じ》べたにへたへたとくずおれて、ちょっとのあいだ、立《た》ちあがることができませんでした。

二一　若棟梁《わかとうりょう》の危機《きき》

朝《あさ》、おこうが店《みせ》の前《まえ》をはこうと出《で》ていくと、しきりに店《みせ》をのぞきこんでいる人《ひと》がいました。

はんてん姿《すがた》ですが、どう見《み》ても、まっとうな職人《しょくにん》には見《み》えません。このごろ、またやけに目《め》につくようになった、やくざ者《もの》にちがいありません。

「おい、ねえちゃん。秋次《あきじ》いるけ？　呼《よ》んでくれや」

「はい」

おこうは、そう返事《へんじ》はしたものの、やっぱり若棟梁《わかとうりょう》には会《あ》わさない方《ほう》がいいと、とっさに思《おも》いました。

この人《しと》、厄病神《やくびょうがみ》かもしんない――。

「あ、若棟梁《わかとうりょう》、今朝《けさ》はやく、仕事《しごと》に出《で》かけました」

「現場《げんば》はどこだ?」

「さあ、仕事《しごと》のことは、あたいたちは聞《き》かされていません」

おこうとしては、これだけいうのも、やっとでした。

ひょっこり当人《とうにん》が出《で》てきでもしたら……と、気《き》が気《き》ではありません。

「でえじな用《よう》だ。秋次《あきじ》の行《い》った先《さき》てえのを、聞《き》いてきな」

「はい」

おこうは、店《みせ》のなかにかけこむふりをしました。もちろん、聞《き》くつもりなんてありません。入《い》り口《ぐち》の戸《と》を、わざとぴしゃっと閉《し》めて、考《かんが》えました。

「若棟梁《わかとうりょう》、今朝《けさ》はどこに行《い》ったことにしよう。子安《こやす》っていおうか。もうすこし遠《とお》い戸塚《とづか》にしようか。いっそ、江戸《えど》っていおうか」

すると、戸《と》のかげに、亀吉《かめきち》がいました。

「千《せん》ちゃんのねえちゃん、若棟梁《わかとうりょう》だろう。まだねてるよ。起《お》こしてこようか」

「あ、あのね」

おこうは、ちょっと息《いき》をつきました。

「あのね、あいつ、やくざのつかいっ走《ぱし》りなんです。あいつに若棟梁《わかとうりょう》、会《あ》わさない方《ほう》がいいんじゃないかと思《おも》って……」

亀吉《かめきち》は目《め》をまるくして、おこうを見《み》つめました。

「えっ、とりつがねえのかよ。だいじょうぶかなあ、そんなことして。ばれたら、千《せん》のねえちゃんが、秋次《あきじ》あにさんにおこられっし、あのさんした（下《した》っぱのやくざ）のつかいっ走《ぱし》りからも、ひでえ目《め》にあわされんだぞ」

「どうでもいいの、あたいのことなんか、どうなっても。それどころじゃないんだから。

「お願《ねが》い、亀吉《かめき》っつぁん、若棟梁《わかとうりょう》が出《で》ていかないよう、ひき止《と》めて」

「ばれたらどうすんだよ」

「あのね。うちの若棟梁《わかとうりょう》、つっぱってることあったかもしんないけど、ほんとうは、人《しと》がいいんすよ」

月明《つきあ》かりのさすなかで、千太郎《せんたろう》にかんなかけを教《おし》えてくれた若棟梁《わかとうりょう》のことは、おこうの胸《むね》にしっかり残《のこ》っていました。

「だから、引《ひ》っぱりこまれちゃう。せっかく、悪《わる》い連中《れんちゅう》から手《て》を切《き》って、帰《かえ》ってきたのにさ」

「うん、うん、そりゃそうだ」

「建喜《たてき》を、めちゃくちゃにされたくないんだよ。喜右衛門棟梁《きえもんとうりょう》の悲《かな》しむ顔《かお》、見《み》たくないもん。ねえ、亀吉《かめき》っつぁん、助《たす》けておくんなさい。なんとか、若棟梁《わかとうりょう》を町《まち》に出《だ》さない工夫《くふう》を考《かんが》えて」

「千《せん》ちゃんのねえちゃん、やるう。てえした根性《こんじょう》だ」

「そんなこといわないで。ね、お願《ねが》いよ。亀吉《かめき》っつぁん」

「わかった。おらが、秋次《あきじ》あにさんに、一日中《いちにちじゅう》はっつく」

「しつこくしたら、張《は》ったおされっかもしんないけど……」

「かまわねえ。むしゃぶりついてでも、外《そと》に出《だ》さねえ」

「ありがと、亀吉《かめき》っつぁん」

おこうは、泣《な》きだしそうな自分《じぶん》の顔《かお》を、自分《じぶん》の手《て》でぱんぱんたたくと、覚悟《かくご》を決《き》めて、表《おもて》へ出《で》ていきました。

「若棟梁《わかとうりょう》は、現場《げんば》をふたつみっつまわるらしいんで、どこに行《い》ってるか、わかんないって」

「けっ、しょうがねえ、またくらあ。けえってきたら、秋次《あきじ》に、顔出《かおだ》すようにいっときな。でえじな用《よう》だってね」

「わかりました」


「ね、千《せん》ちゃんよう、秋次《あきじ》あにさんに、おら、はっつきてえんだけんどよう。なんか手《て》ぇねえかね。わけなくはっついても、うるさがられらあ」

亀吉《かめきち》は、千太郎《せんたろう》にいいました。

「なんで、亀吉《かめき》っつぁん、若棟梁《わかとうりょう》にはっつくんすか?」

「うん、それはね」

亀吉《かめきち》は、さっきのいきさつを話《はな》しました。

「えっ、ねえちゃんが?　ばか、ばか。そんなおっかねえこと、できるわけねえ。

町《まち》のやくざに、ねえちゃん、たたっ殺《ころ》されら」

「そうはさせねえ」

「え、どうしたの？　なに？　なんだよ、亀吉《かめき》っつぁん、ねえ、どうしたの、千《せん》ちゃん」

幸吉《こうきち》が出《で》てきて、ふたりをのぞきこみました。亀吉《かめきち》はまた、今朝《けさ》のことを話《はな》しました。

「えっ、よ、よしなよ、亀吉《かめき》っつぁん、おっかねえ。若棟梁《わかとうりょう》が、おらっち小僧《こぞ》っ子《こ》を、相手《あいて》にすると思《おも》うか。無理《むり》だあ」

「あのね、おらも、建喜《たてき》がめちゃくちゃになんの、見《み》てられねえんだ。おらっちで、若棟梁守《わかとうりょうまも》るしかねえべ」

亀吉《かめきち》はいいました。

「おっかねえ」

幸吉《こうきち》は悲鳴《ひめい》をあげました。

「千《せん》ちゃん、やるのかよ」

幸吉《こうきち》は千太郎《せんたろう》をつついて、小声《こごえ》でいいました。

「う、うーん」

「あれ、やい、千太郎《せんたろう》、やるっていったじゃないか。やんねえのか？　はっきりしろい、男《おとこ》だろ」

亀吉《かめきち》が、千太郎《せんたろう》につめよりました。反対側《はんたいがわ》から、幸吉《こうきち》がつつきます。

「よしなよ」

「やいっ、千太郎《せんたろう》。おまいのねえちゃん、根性《こんじょう》あんぞ。おめえ、その弟《おとうと》だろ」

「うちのねえちゃん、こわいもん知《し》らずで」

「ちがう。きもすわってんだ」

亀吉《かめきち》の強《つよ》い説得《せっとく》に、とうとうふたりも、協力《きょうりょく》する決心《けっしん》をしました。

ことは急《いそ》ぐのでした。亀吉《かめきち》は、ふたりに声《こえ》を落《お》として相談《そうだん》しました。

「秋次《あきじ》あにさんさ、昔《むかし》よく、正月《しょうがつ》には川崎《かわさき》に来《き》て、河原《かわら》に出《で》て凧《たこ》あげてくれた。でもいまは、凧《たこ》って年《とし》じゃねえべ。それに、表《おもて》にさそい出《だ》すのはあぶねえ。いつだれに会《あ》うか、わかんねえもん」

「凧《たこ》がだめなら、すごろくってのは？」

「すごろく？　そんなガキっぽいの、やんねえんじゃねえか」

「そうだなあ」

「将棋《しょうぎ》は？」

「おめえできんのかよ。おら、できねえぞ」

「おらもできねえ」

「おらも」

「できるやついるか？」

「となりのじっちゃん、好《す》きだっていってた」

「めんどうだ。よそのもんまぜねえ方《ほう》がええ。じゃあさ、ためしにさ、なんか新《あたら》しい組子《くみこ》を考《かんが》えてよ。それで、秋次《あきじ》あにさんに相談《そうだん》するってえのは？」

「組子《くみこ》？」

千太郎《せんたろう》は、ふっと笑《わら》いだしそうになりました。

棟梁《とうりょう》に向《む》かって、「組子《くみこ》みてえなめんどうくさいもん、よくやってる」と、亀吉《かめきち》がいったとか、うわさに聞《き》いたことがあったからです。

「浜《はま》に歩《ある》いてる鴫《しぎ》なんか、どうだ？」

「そんなの、亀吉《かめき》っつぁん、できるんすか？」

「できねえよ、千《せん》ちゃん、たのま」

「えっ」

「組子《くみこ》ったって、秋次《あきじ》あにさんをさそいこむだけよ。ふりするだけでいいからさ、千《せん》ちゃん、やんな」

「でも、おら……」

「秋次《あきじ》あにさんだって、組子《くみこ》の家《いえ》の跡継《あとつ》ぎなんだよ。工夫《くふう》ができりゃ、棟梁《とうりょう》だって安心《あんしん》すんべ」

「ふーん」

亀吉《かめきち》がいろいろ案《あん》を持《も》ちだすのに、千太郎《せんたろう》は感心《かんしん》するばかりでした。いっぽう、そんなので、うまくいくはずないとも思《おも》いました。

「秋次《あきじ》あにさんだって、組子《くみこ》やりたいに決《き》まってる」

「若棟梁《わかとうりょう》が、そういったんすか？」

とっても、そうは見《み》えないけどなあ。

「ねえ、亀吉《かめきち》っつぁん、そんなかってなこと、おらっちやったら、建喜《たてき》のみんな、おこんないすか？」

「だから、こそこそやんのよ」

「なんとしてもおっかねえよう。手《て》の二、三本《ぼん》、折《お》られっかもしんねえ。それどころか、殺《ころ》されっかも。ああ、おっかねえ」

「幸吉《こうきち》、おめえ、根性《こんじょう》ねえなあ。こわけりゃ、すっこんでろ」

二二　組子《くみこ》の作戦《さくせん》

　三人《にん》が、こそこそ話《はな》し合《あ》っていると、裏口《うらぐち》の戸《と》がかたんと開《あ》いて、若棟梁《わかとうりょう》の秋次《あきじ》が出《で》てきました。井戸《いど》に顔《かお》を洗《あら》いに、出《で》てきたのでしょう。

　とっさに、亀吉《かめきち》は千太郎《せんたろう》の手《て》を引《ひ》っぱって、しゃがみこみました。

「千《せん》、調子合《ちょうしあ》わせろよ」

　亀吉《かめきち》は、棒《ぼう》っきれをひろって、地《じ》べたに線《せん》をかきました。

　棟梁《とうりょう》が、組子《くみこ》をするときにおく、枠《わく》と桟《さん》の線《せん》です。ほんとうは、正六角形《せいろっかくけい》ができるはずですが、地《じ》べたの線《せん》は、かなりゆがんでいましたが——。

「千《せん》ちゃん、これに、なんか組子《くみこ》の線《せん》かいてみろや。ふりだけでいい。かいてるふりをしなよ」

「ええーっ、できねえっすよ」

千太郎《せんたろう》は、びっくりしました。そりゃあ、若棟梁《わかとうりょう》のためなら、なんだってしなくては、と思《おも》っています。でも、急《きゅう》に組子《くみこ》といわれても……。

「組子《くみこ》が無理《むり》？　わかってるよう、そのくれえ。だから千《せん》ちゃん、ふりだけでいいっていってんだ。秋次《あきじ》あにさんひき止《と》めるにゃ、それっきゃねえ。たのまあ」

「わかったよう。えっと、……鴫《しぎ》はむずかしいか。うん、トンボ、トンボ、トンボ」

千太郎《せんたろう》は、ゆがんだ六角形《ろっかくけい》のなかに、トンボの絵《え》をかこうとしました。

四本《ほん》の羽《はね》をひろげ、まっすぐ尾《お》を下《した》にのばします。そうすると、五本《ほん》の線《せん》が放射《ほうしゃ》状《じょう》にひろがって……、ただ、それだけ。

「へえ、できたか？　うん、やった、やった。千《せん》、でも、これ、なんだ？」

「トンボ」

「どこが？」

そんなこといってるひまは、ありません。

亀吉《かめきち》は、ようじをつかって歯《は》をみがいている秋次《あきじ》に、いいました。

「あ、秋次《あきじ》あにさん、ねえ、いま、千太郎《せんたろう》のやつ、組子《くみこ》の図柄《ずがら》をかきました。見《み》てやってくだせえ」

「なんだって？」

若棟梁《わかとうりょう》は笑《わら》いながら、のぞきこみました。

「なに、トンボ？　これが胴《どう》？　このひろがったのが羽《はね》か？　竹《たけ》とんぼみてえだな。中心《ちゅうしん》の胴《どう》の部分《ぶぶん》、もちっとふくらませて、目《め》ふたつくっつけっと、もっとトンボらしくなるな。うん、おもしれえ」

えっ、おもしれえ？　いまたしかに、若棟梁《わかとうりょう》は、おもしれえっていったよな。千《せん》太郎《たろう》は、かっと胸《むね》が熱《あつ》くなりました。

「な、千《せん》ちゃんよう、もっとねえか？　チョウなんかどうだ？　セミは？　うん、クモもいいんじゃねえか？　ねえ、秋次《あきじ》あにさん、クモの巣《す》なんて、組子《くみこ》になりやすくねえですかい」

「クモ？　クモか。クモは、あんまし縁起《えんぎ》よくねえんじゃねえか？」

若棟梁《わかとうりょう》は笑《わら》いだしました。

「じゃ、どんなのが縁起《えんぎ》いいんすか？」

亀吉《かめきち》が聞《き》きました。

「鶴《つる》、亀《かめ》、松《まつ》、梅《うめ》、竹《たけ》かねえ。うん、七福神《しちふくじん》てのもあるな」

「だってよ、千太郎《せんたろう》。そのめでてえ図柄《ずがら》でひとつ、やってくれ」

「そ、そんなあ、できねえっすよう」

すると、秋次《あきじ》あにさんがいいました。

「トンボでいいよ。トンボを、杉《すぎ》の赤《あか》い芯《しん》のところでつくりゃ、アカトンボになる。おもしれえかもしんねえ」

亀吉《かめきち》と千太郎《せんたろう》は、思《おも》わず顔《かお》を見合《みあ》わせました。

たしかに、おもしれえって、またいったよな。信《しん》じられねえけんどよ。

「いま、おやじも新《あたら》しい組子《くみこ》にとり組《く》んでら。だいたい、組子《くみこ》の図柄《ずがら》ってえのは、決《き》まってんのよ。麻《あさ》の葉《は》が基本《きほん》でよ。それを一本《ぽん》組《く》み変《か》えるだけで、桔梗《ききょう》の花《はな》になったり、桜《さくら》になったりする。枠《わく》だってひろげると、いろんな亀甲《きっこう》ができらあ。でも、そんな古《ふる》くせえんでなくてよ、新《あたら》しい図柄《ずがら》が欲《ほ》しいとこよ。いま、おやじは、原図《げんず》

を絵《え》の先生《せんせい》にお願《ねが》いしてるらしいけど、なんだ、なんだ。建喜《たてき》に図案家《ずあんか》がいたって
えわけかよ」
「ふん、この図案家《ずあんか》」
亀吉《かめきち》が、どんと肩《かた》をぶつけてきたので、千太郎《せんたろう》は転《ころ》がってしまいました。
「よし、昼《ひる》の休《やす》みの時間《じかん》、お茶《ちゃ》もたばこもいらねえや。仕事場《しごとば》で、トンボを組《く》んで
みっか」
若棟梁《わかとうりょう》がいったので、また、亀吉《かめきち》と千太郎《せんたろう》は顔《かお》を見合《みあ》わせました。うまく作戦《さくせん》が
あたりました。でも、この後《あと》がうまくつづくかどうか——。
「いや、仕事場《しごとば》じゃ落《お》ちつかねえな。正吉《しょうきち》や新吉《しんきち》たちが、ががたいうかもしんね
えもん。よし、おらの部屋《へや》に来《き》な」
昼《ひる》の休《やす》みになり、千太郎《せんたろう》たち小僧《こぞう》三人《にん》は、秋次《あきじ》の部屋《へや》に集《あつ》まりました。
「あのね、若棟梁《わかとうりょう》の秋次《あきじ》あにさん、亀甲《きっこう》つなぎって、ハチの巣《す》みてえじゃねえっす
か？　その組子《くみこ》を地模様《じもよう》にして、ハチが飛《と》んでるところなんか、できやせんかねえ。

トンボの胴《どう》を太《ふと》くして、羽小《はねちい》さくすりゃ、いいんでしょ？　やりなよ、千《せん》ちゃん」

調子《ちょうし》にのって、亀吉《かめきち》がいいました。

「ええっ」

人《しと》にいわねえで、自分《じぶん》でやれば？　千太郎《せんたろう》は、うらめしそうに亀吉《かめきち》をにらみました。

「うん、千太郎《せんたろう》、やってみろよ。こっちのすみに、菜《な》の花《はな》をおいてよ。あっちのすみは、梨《なし》の花《はな》かね。そのあいだを、ハチが飛《と》んでるってのも、いいかもしんねえ」

若棟梁《わかとうりょう》まで、いうではありませんか。

「ええっ、おら、できねえっすよう」

「できる、できる」

亀吉《かめきち》と幸吉《こうきち》がいいましたが、からかい半分《はんぶん》の口調《くちょう》なので、千太郎《せんたろう》はむっとしました。

「よし、千太郎《せんたろう》、トンボからやってみよう。それには、きちんと下図《したず》をつくんなきゃな」

若棟梁《わかとうりょう》もいいました。

地面《じめん》に棒《ぼう》っきれでかくような、いいかげんなものでなく、ちゃんとしたものです。

若棟梁《わかとうりょう》は、半紙《はんし》やさしがね、ぶんまわし（いまのコンパスにあたる道具《どうぐ》）などを持《も》ってきました。

「へえ、こんなのがいるんすか？」

こうなると、さすがにもう、三人《にん》の小僧《こぞう》たちの手《て》にはおえません。

若棟梁《わかとうりょう》はぶんまわしで、さしわたし（直径《ちょっけい》）二寸《すん》（約《やく》六センチメートル）の円《えん》をかきました。円《えん》の中心《ちゅうしん》を通《とお》る線《せん》を引《ひ》き、円《えん》には一寸《すん》（約《やく》三センチメートル）おきに点《てん》を打《う》ち、それをつなぐと、正六角形《せいろっかくけい》ができました。

「亀甲《きっこう》だ」

さきほどの地《じ》べたのいいかげんな亀甲《きっこう》ではなく、正真正銘《しょうしんしょうめい》の亀甲《きっこう》の図《ず》に、三人《にん》はあっけにとられました。すいすいやってのけた若棟梁《わかとうりょう》を、見直《みなお》す思《おも》いでした。

「やっぱ、若棟梁《わかとうりょう》はすげえんだなあ」

亀吉《かめきち》は、千太郎《せんたろう》の方《ほう》を向《む》いていいました。

実《じつ》は秋次《あきじ》にとっても、このときが、これこそ自分《じぶん》の行《い》く道《みち》なんだ、と気《き》がついた一瞬《いっしゅん》だったのです。

二三 ❁ おこうの勇気《ゆうき》

つぎの日《ひ》、町《まち》をうろつくやくざ者《もの》の男《おとこ》が、また建喜《たてき》にやって来《き》ました。それを目《め》ざとく見《み》つけたのは、亀吉《かめきち》でした。

「千《せん》ちゃんのねえちゃん、たいへんだ、たいへんだあ。来《き》たぞ、来《き》たぞう。またあいつだ。秋次《あきじ》あにさんを、さそい出《だ》しにきたんだ」

「やっぱり、また来《き》たのね」

「秋次《あきじ》あにさんに、なんていおうか」

「だめよだめよ。亀吉《かめきち》っつぁん、お願《ねが》い。若棟梁《わかとうりょう》に会《あ》わさない方《ほう》がいい。うん、あたいが、断《ことわ》ってくるわ」

「えっ、よしなよ、千《せん》ちゃんのねえちゃん。あぶねえよ。なんか、策《さく》を考《かんが》えよう」

「そんなひま、ないでしょ」

おこうはとっさに、台所口《だいどころぐち》に立《た》てかけておいたほうきをとると、表《おもて》に出《で》ていきました。

「あのう、建喜《たてき》になんか、用《よう》ですか？」

「おう、秋次《あきじ》を呼《よ》んでくれ」

「若棟梁《わかとうりょう》ですか？　いま、大事《だいじ》な仕事《しごと》にとり組《く》んでるから、手《て》え、はなせないと思《おも》いますよ」

「こっちも、でえじな用《よう》があんだっ！　だまって呼《よ》んでくりゃいいんだよ！」

いちだんとあらあらしく、声《こえ》を張《は》りあげて、男《おとこ》はおこうをにらみつけました。

でも、負《ま》けていられるもんですか。おこうは、まっすぐ顔《かお》をあげていいました。

「若棟梁《わかとうりょう》は出《で》られません。建具《たてぐ》の仕事《しごと》って、段取《だんど》りがあるんです。若棟梁《わかとうりょう》の手《て》がぬけたら、ほかの職人《しょくにん》たちはみんな、手《て》を空《あ》けてなきゃなりません」

「そんなこと、こっちにゃあ関係《かんけい》ねえ。こっちにも、でえじな用《よう》があんのよ。やい、とっとと呼《よ》んでこいっ」

「どんな用《よう》か知《し》りませんが、若棟梁《わかとうりょう》はいま、建喜《たてき》の大黒柱《だいこくばしら》です。ぬけられません」

「この野郎《やろう》、とりつがねえってのかよう。おとなしく聞《き》けねえってんなら、覚悟《かくご》してもらおう」

男《おとこ》は、ふところに手《て》を入《い》れました。短刀《たんとう》だか、包丁《ほうちょう》だか、わかりませんが、刃物《はもの》をかくしているのに、ちがいありません。

おこうだって、これ以上逆《いじょうさか》らうと、その刃物《はもの》が出《で》てきて、ずぶりとなるのは、わかっていました。

おこうだって、それがこわいはずでした。でも、自分《じぶん》でもわかりませんでしたが、ずいっと一歩《ぽ》、前《まえ》へ出《で》てしまったのです。

すると、これも意外《いがい》でしたが、なんと男《おとこ》は、一歩《ぽ》ひいたではありませんか。おこうの気迫《きはく》に、負《ま》けたのです。かわりに声《こえ》だけが、やけに大《おお》きくなりました。

「やい、やいやいやいっ。だれに向《む》かっていってんだ？　わかってんだろうな」

「ふん」

「こいつが、こわくねえのか」

男《おとこ》は、ぎらりと短刀《たんとう》をぬきました。

「そんなの、台所《だいどころ》に何本《なんぼん》もごろごろしてます。仕事場《しごとば》に行《い》きゃあ、もっとどきどき光《ひか》ってんのが、いっぱいあります」

おこうはひるまず、また一歩《ぽ》前《まえ》に出《で》ました。もっとも、ほうきを楯《たて》にしていましたが。

「さ、つくなり、切《き》るなりしたら？」

「こ、この野郎《やろう》！」

おこうのすて身《み》には、やくざの男《おとこ》も動《うご》けないでいました。ここで娘《むすめ》をきずつけたら、やっかいなさわぎになることは、やくざのさんしたでも、わかっていました。

「町《まち》のしろうとさんと、もんちゃく起《お》こすな」

と、あにき分《ぶん》からいわれていたのです。

だから、大声《おおごえ》でおどすしかなかったのでしょう。その声《こえ》は、建具《たてぐ》の仕事場《しごとば》にも、台所《だいどころ》にも聞《き》こえていました。

青《あお》くなってとび出《だ》そうとする秋次《あきじ》を、正吉《しょうきち》が、しっかり、はがいじめにしていました。

「はなせ。やいっ、はなしやがれ！」

ふりほどこうとしてあばれる若棟梁《わかとうりょう》の腕《うで》を、千太郎《せんたろう》と亀吉《かめきち》がおさえていました。

「秋次《あきじ》あにさん、出《で》ないでくだせえ。出《で》てきゃ、さわぎが大《おお》きくなります。だいじょうぶですって。千《せん》のねえちゃんの気合《きあ》いに、やつ、たじたじじゃねえっすか」

「ばか、亀吉《かめきち》。そういうのがこええんだ。口《くち》で負《ま》けりゃ、やつらは、短刀《たんとう》でぶすりよ」

新吉《しんきち》は、のみをかまえて戸口《とぐち》に立《た》っていました。いつでもとび出《だ》していけるようにです。ただ、棟梁《とうりょう》の喜右衛門《きえもん》だけは、だまって、組子《くみこ》に熱中《ねっちゅう》しているふりをしていました。

台所《だいどころ》も、しーんとなって、なりをひそめていました。

「なんだ、なんだ。どうした？」

となり近所《きんじょ》の人《ひと》たちが、ばらばらかけよってきました。

「どうしたんすか？　建喜《たてき》のおこうちゃん。なにかあったんすか」

「やい、てめえ、ねえちゃんにかすりきずでもおわせてみろ、うったえてやっからな」

「ふん、覚《おぼ》えてろ。これですむと思《おも》うな」

形勢《けいせい》が不利《ふり》になったと見《み》ると、男《おとこ》は、こそこそにげていきました。

おこうは、かすりきずひとつおいませんでしたが、男《おとこ》が行《い》ってしまうと、へなへなっとすわりこみ、ちょっと立《た》てませんでした。


後《あと》でわかったのですが、やくざ連中《れんちゅう》の用事《ようじ》というのは、このところどうも、組《くみ》がしけていて、金銭的《きんせんてき》にも手《て》づまりで、大々的《だいだいてき》にばくち場《ば》を開《ひら》きたかったらしいのです。そのためには、花札《はなふだ》さばきの上手《じょうず》な、秋次《あきじ》の手《て》が借《か》りたい、というわけでした。

「やつは、黄金《おうごん》の指《ゆび》を持《も》ってっからなあ」

やくざの親分《おやぶん》は、そういっていたそうです。

その黄金《おうごん》の指《ゆび》を持《も》つ秋次《あきじ》は、いま、組子《くみこ》の組《く》み立《た》てに、さえを見《み》せていました。

二四 ❁ 小《ち》さな職人《しょくにん》の誕生《たんじょう》

ところで千太郎《せんたろう》には、もうひとつ、しなければならないことがありました。寺子屋《てらこや》の机《つくえ》です。

苦心《くしん》しているのは、正吉《しょうきち》あにさんに教《おし》えてもらった、地獄《じごく》ほぞでした。ほぞのはめこみが、思《おも》うようにいきません。何度《なんど》やっても、がたがたしました。

昼間《ひるま》だけでは、とても間《ま》に合《あ》いそうにありません。特別《とくべつ》にゆるしてもらって、夜《よる》、仕事場《しごとば》に明《あ》かりを持《も》っていって、作業《さぎょう》をしました。

「どうやら、今度《こんど》はうまくいきそうだぞ」

幕板《まくいた》の裏《うら》にほりこんだほぞ穴《あな》に、脚《あし》のほぞがぴしっと、気持《きも》ちよく入《はい》りました。

ところが、ためしに、強《つよ》くゆすぶってみると、みしみしいって、はずれてしまいました。ほぞもほぞ穴《あな》も、正確《せいかく》に寸法《すんぽう》を測《はか》ったはずなのに――。

「うん、まだ、ほぞ穴《あな》がゆるい」

とつぜん、後《うし》ろで声《こえ》がしました。若棟梁《わかとうりょう》の秋次《あきじ》が、のぞいていたのです。

「あっ、すいません。つい、がんがんやって。起《お》こしちまいやしたか？」

「なに、こっちは組子《くみこ》考《かんが》えてたら、目《め》がさえてね」

「すいません」

「そいつ、ほぞがあまいんだ。いくらかほぞ穴《あな》を細《ほそ》めにして、ほぞの方《ほう》は逆《ぎゃく》に、もっと太《ふと》らせなきゃ。見《み》ててやるから、やってみな」

「へ、へえ」

若棟梁《わかとうりょう》に見《み》られていると、どうしても手《て》が動《うご》きません。

「どうした？　へえらねえのか？」

「いえ、へ、へえりやす」

なんと若棟梁《わかとうりょう》は、千太郎《せんたろう》の横《よこ》に、すわりこんでしまいました。

「おめえのかいたトンボな。悪《わる》いが、亀甲《きっこう》に入《い》れるとうるさい。すこうし細《ほそ》めの、粋《いき》な菱《ひし》か、紗綾形《さやがた》(卍形《まんじがた》をつないだ模様《もよう》)でかこんだら、どうだろう」

「はあ」

菱《ひし》とか、紗綾形《さやがた》といわれても、千太郎《せんたろう》には見当《けんとう》もつきません。組子《くみこ》もはやく覚《おぼ》えて、若棟梁《わかとうりょう》の話《はなし》にあいづちが打《う》てるように、ならなきゃなあ。

「できたか?」

「へえ、ありがとうございやした」

思《おも》わず千太郎《せんたろう》は、ぐすっと鼻《はな》をならしてしまいました。目《め》もぬれてきました。

うん、おいら、この若棟梁《わかとうりょう》に、ずっとついてくぞ。


つぎの日《ひ》、しあげた机《つくえ》を大八車《だいはちぐるま》にのせ、千太郎《せんたろう》はひとりで、生麦《なまむぎ》の寺子屋《てらこや》にとどけにいきました。

寺子屋《てらこや》は授業中《じゅぎょうちゅう》でしたが、先生《せんせい》をしている名主様《なぬしさま》を呼《よ》びだすわけにはいきません。

授業《じゅぎょう》の方《ほう》は、いつ終《お》わるものやら。

「帰《かえ》って、出直《でなお》すしかねえかなあ」

でも、それもめんどうです。大八車《だいはちぐるま》をひとりで引《ひ》っぱるのは、意外《いがい》にたいへんだったからです。

「机《つくえ》ふたつ、ここにおきっぱなしにしておくわけにも、いかねえだろうしなあ」

千太郎《せんたろう》は、そっと手習《てなら》い場《ば》をのぞいてみました。

なかは二間《ふたま》つづきで、真《ま》ん中《なか》に大火鉢《おおひばち》があり、やかんがかかっていました。床《とこ》の間《ま》には、天神様《てんじんさま》の軸《じく》がかけてあり、その前《まえ》に先生《せんせい》、つまり、名主《なぬし》の関口藤右衛門《せきぐちとうえもん》が、すわっているのが見《み》えました。

寺子屋《てらこや》は、午前中《ごぜんちゅう》は手習《てなら》い（習字《しゅうじ》）で、午後《ごご》は、素読《そどく》（声《こえ》に出《だ》して文章《ぶんしょう》を読《よ》むこと）かそろばんでした。その日《ひ》は素読《そどく》でした。

「玉《たま》みがかざれば、光《ひかり》なし。人《ひと》、学《まな》ばざれば、智《ち》なし」

まず、先生《せんせい》が教科書《きょうかしょ》を読《よ》みあげ、寺子《てらこ》たちが、後《あと》をつけました。

「これはこういうわけだ。宝石《ほうせき》というものは、みがかなければ、石《いし》や瓦《かわら》と同《おな》じ、がらくただ。かがやきは出《で》てこん。人《ひと》も、学《まな》んでいかなければ、愚人《ぐじん》といわれる。わかったな。よし、孝三《こうぞう》、読《よ》んでみろ」

さされた子《こ》が、立《た》ちあがり、教科書《きょうかしょ》をまっすぐ、両手《りょうて》で目《め》の高《たか》さに持《も》ち、読《よ》みはじめました。

「た……玉《たま》、みが……みがかざれば……」

あれっ！　千太郎《せんたろう》は、目《め》をまるくしました。

「通《とお》りの酒屋《さかや》の、孝三《こうぞう》じゃねえかよ」

千太郎《せんたろう》とは、同《おな》い年《どし》で、いつも浜《はま》をかけまわっていた仲間《なかま》でした。その孝三《こうぞう》が、文字《もじ》を読《よ》んでいるので、びっくりしました。

あいつ、いつ、寺子屋《てらこや》に入《はい》ったんだ。へえ、字《じ》が読《よ》めて、書《か》けるようになってさ。そろばんもおけるようになりゃ、あいつも、表通《おもてどお》りの酒屋《さかや》のご主人様《しゅじんさま》だ。村役《むらやく》になって、そっくり返《かえ》れら。へん、孝三《こうぞう》め。いいなあ、いいなあ……。

千太郎《せんたろう》は、寺子屋《てらこや》で勉強《べんきょう》している孝三《こうぞう》が、ちょっとうらやましくなりました。

「おら、このまんまじゃ、たたきの大工《だいく》(半人前《はんにんまえ》の大工《だいく》)にもなれねえかもしんねえ。ああ、字《じ》が読《よ》めりゃあなあ。数《かず》もかぞえられてよう。そしたら、寸法《すんぽう》もきちんととれて、いい大工《だいく》になれっかもしんねえ」

ほぞやほぞ穴《あな》をつくるとき、木材《もくざい》に、どのくらい刃《は》をいれていいのか……。

「三分《ぶ》(約《やく》九ミリメートル)、三分《ぶ》だよっ」

そうあにさんたちにどなられても、その三分《ぶ》がどのくらいだか、いまの自分《じぶん》には
いまひとつ、よくわかりません。

「さしがねの目《め》の、ひい、ふう、みい。ここだ」

「へえ」

「やい、寸法《すんぽう》まちがえんなよ。机《つくえ》の甲板《こういた》、おしゃかだぞ」

おこられ、おこられ、やっとつくった机《つくえ》ですが、自分《じぶん》ですべてわかって、つくり
あげたものではありません。

「おらにいるのは頭《あたま》だ。寺子屋《てらこや》に入《はい》って、頭《あたま》つくってもらいてえ」

ちょっとしょぼんとしていると、母家《おもや》の方《ほう》から、娘《むすめ》がひとり出《で》てきました。お家《いえ》
さんの女先生《おんなせんせい》に教《おそ》わっている、女子組《おなごぐみ》の子《こ》でした。

「ちょいと」

娘《むすめ》は、千太郎《せんたろう》に声《こえ》をかけました。

「あたいたち、いま、お料理《りょうり》の時間《じかん》で、おしるここさえたの。お家《いえ》さんが、おめえを呼《よ》んでこうって。客《きゃく》やってくれろって」

「えっ、お、おら、だ、だめっす。行儀《ぎょうぎ》知《し》らねえもん」

しりごみしていると、お家《いえ》さんが、入《い》り口《ぐち》から半身《はんみ》をのり出《だ》して、千太郎《せんたろう》に声《こえ》をかけました。

「机《つくえ》をとどけにきたのね。あっち、ちょいとひまがかかるから、そのあいだこっち来《き》て、みんなのつくったしるこを味見《あじみ》しなされ。なんだって？　食《た》べ方《かた》わかんない？　うふっ」

お家《いえ》さんの先生《せんせい》は、笑《わら》いだしました。

「いいの、いいの。そんなの、ただ口《くち》に入《い》れりゃ、いいのよ」

母屋《おもや》から、アズキの煮《に》えるいいにおいが、ふわっとただよってきました。

へーえ、寺子屋《てらこや》にあがると、こんないいこともあんのか……と、千太郎《せんたろう》は、ますます寺子屋《てらこや》にあこがれてしまいました。

授業《じゅぎょう》が終《お》わり、関口藤右衛門《せきぐちとうえもん》が出《で》てきました。

「おう、できたか。どら、どら。うん、きちんとていねいにしあがったな。脚《あし》もぐらつかぬ。これはいい」

寺子《てらこ》たちは、机《つくえ》をかたすみに積《つ》みあげて、そうじをはじめました。

「ああ、机《つくえ》の脚《あし》をたためたら、寺子《てらこ》たちも運《はこ》びやすいし、積《つ》んどいても、場所《ばしょ》をとらねえかもしんねえな。うん、折《お》りたたみの机《つくえ》ねえ……」

ふっと、千太郎《せんたろう》は思《おも》いました。でも、むずかしそうだ。おらには、とても、とても。

後年《こうねん》、それもだいぶ後《あと》、大正《たいしょう》とか昭和《しょうわ》になってからですが、脚《あし》のたためるちゃぶ台《だい》が、できました。千太郎《せんたろう》は、そういうのを思《おも》いうかべたのでしょう。

「千太郎《せんたろう》、ふたつ三《みっ》つ、脚《あし》のぐらつく机《つくえ》があんだ。そいつを見《み》てくれんか」

藤右衛門《とうえもん》がいいました。

千太郎《せんたろう》が見《み》てみると、幕板《まくいた》のほぞ穴《あな》がゆるんで、ぐらぐらしているのでした。

ほぞ穴《あな》が、ほぞより大《おお》きくなっちまってんな。木材《もくざい》を新《あたら》しくとりかえるんじゃ、おおごとだし、ええっと……そうだ！

千太郎《せんたろう》は幕板《まくいた》から脚《あし》を引《ひ》きぬき、脚《あし》の上端《じょうたん》にある平《ひら》ほぞに、切《き》れこみを入《い》れました。そしてその切《き》れこみに、小《ちい》さな木片《もくへん》を、くさびのようにうちこみます。小《ちい》さな木片《もくへん》をうちこんだ分《ぶん》だけ、ほぞが大《おお》きくなり、ゆるくなっていた幕板《まくいた》のほぞ穴《あな》に、しっかりとはまりました。

「おっ、やるじゃないか、千太郎《せんたろう》。いい建具職人《たてぐしょくにん》に、なれそうだな」

「あのう……、あのう……、おら、学問《がくもん》がやりてえっす。でも、寺子屋《てらこや》にあがる身《み》分《ぶん》じゃねえし、ひまもねえっす。でも、このまんまじゃ、ばかで終《お》わっちゃう」

「なるほど。学《まな》びたい気持《きも》ちが出《で》たか」

「へえ、若棟梁《わかとうりょう》も、組子《くみこ》の図案《ずあん》をかいたとき、すいすいやってました。算法《さんぽう》の頭《あたま》で、わりつけてるんでしょう」

藤右衛門《とうえもん》は、やさしい目《め》で、千太郎《せんたろう》を見《み》おろしました。

「それはちがう。秋次《あきじ》には、職人《しょくにん》の勘《かん》があるんだ。天性《てんせい》のもんだ。おやじゆずりといってもいいかもしれん。秋次《あきじ》も昔《むかし》、ここに手習《てなら》いにきてたがね。秋次《あきじ》のは、算法《さんぽう》とはいわん。だいたいいな、職人《しょくにん》の勘《かん》てやつを、系統《けいとう》だてて、方式《ほうしき》をこさえたのが学《がく》問《もん》だ。つまり、職人《しょくにん》の技《わざ》の方《ほう》が先《さき》だ」

藤右衛門《とうえもん》は笑顔《えがお》で、千太郎《せんたろう》の顔《かお》をのぞきました。

「建喜《たてき》の仕事場《しごとば》は、寺子屋《てらこや》みたいなもんだ、仕事《しごと》の手順《てじゅん》を覚《おぼ》えたり、かんなやのこぎりのつかい方《かた》をこなしていくのが、おまえの学問《がくもん》だ。自分《じぶん》の仕事《しごと》を、ひとつひとつ、ていねいにやっていけ。その中途《ちゅうと》で迷《まよ》ったら、ここに来《こ》い。いつでも力《ちから》になってやる」

「へえ」

どうもいまひとつ、千太郎《せんたろう》はなっとくしていないようでした。でも、わからないのにわかったような顔《かお》をして、いいかげんな返事《へんじ》をすることがないのが、この子《こ》のいいところ。この性格《せいかく》こそ、職人《しょくにん》に向《む》いているのかもしれぬ……と、藤右衛門《とうえもん》は思《おも》いました。

「こいつめ、なに気《げ》なく机《つくえ》の脚《あし》のぐらつきを、直《なお》しやがって。もう、きのうの自分《じぶん》じゃないことに、自分《じぶん》じゃ気《き》がつかないでいやがる。でも、そのすなおなところが、千太郎《せんたろう》のいいところだ。な、千太郎《せんたろう》」

藤右衛門《とうえもん》は、千太郎《せんたろう》の肩《かた》に手《て》をおくと、力強《ちからづよ》くいいました。

「そのままやってけ。それで、なにかこまったことがあったら、いつでも来《こ》い」

「あ、ありがとうございやす」

千太郎《せんたろう》は、大《おお》きく息《いき》をつきました。

ああ、おらのこと、ちゃんと見《み》ててくれる大人《おとな》もいるんだ。ありがてえ。と、胸《むね》がいっぱいになりました。

思《おも》えば、ありがたい人《ひと》は、まだいました。

わずか七歳《ななつ》の千太郎《せんたろう》を、建具職人《たてぐしょくにん》の卵《たまご》としてむかえてくれた、建喜《たてき》の棟梁《とうりょう》も、そういった大人《おとな》のひとりです。正吉《しょうきち》あにさんも、なにもわかんない千太郎《せんたろう》に、机《つくえ》をつくるのを教《おし》えてくれました……。

そして、もうひとり、若棟梁《わかとうりょう》の秋次《あきじ》も。

「なあ、千太郎《せんたろう》、おまえとは、みょうにウマが合《あ》うんだよなあ」

秋次《あきじ》が、千太郎《せんたろう》にいったことがありました。

「えっ？　ウマ？」

千太郎《せんたろう》には、信《しん》じられません。ぽかんと秋次《あきじ》を見《み》あげていました。でも、太子講《たいしこう》の日《ひ》も、それから、深夜《しんや》のかんなかけや、机《つくえ》づくりのときも、秋次《あきじ》は、千太郎《せんたろう》のことを気《き》にかけ、教《おし》え、助《たす》けてくれました。

「うん、おら、若棟梁《わかとうりょう》についていこう」

千太郎《せんたろう》はもう一度《いちど》、しっかり自分《じぶん》にいい聞《き》かせました。

さて、後《のち》のことになりますが、秋次《あきじ》は建喜《たてき》を継《つ》いで、二代目喜右衛門《だいめきえもん》となりました。組子《くみこ》の腕《うで》もみごとで、その精巧《せいこう》なこと、図柄《ずがら》の斬新《ざんしん》なこと、華麗《かれい》なこと、父親《ちちおや》以上《いじょう》かもしれないと評判《ひょうばん》になりました。

幾何学的《きかがくてき》な勘《かん》が下地《したじ》にあったのでしょうが、秋次《あきじ》の場合《ばあい》、それにくわえて、かなり自由《じゆう》ほんぽうで、そのはずみようが人気《にんき》の原因《げんいん》です。

ところで、おこうです。はじめは、さんざんおかみさんにこきつかわれていましたが、そのおかみさんもいまでは、すっかりおこうにたよっています。たぶん、若《わか》棟梁《とうりょう》の秋次《あきじ》をさそい出《だ》しにきたやくざ者《もの》の男《おとこ》に向《む》かっていった、あの気概《きがい》が、おかみさんを変《か》えたのでしょう。

「若棟梁《わかとうりょう》の、おかみさんになるんじゃないのかねえ」

と、近所《きんじょ》でうわさをする人《ひと》もいるそうです。

亀吉《かめきち》ですか？　亀吉《かめきち》は川崎《かわさき》に帰《かえ》りました。いずれは、建留《たてとめ》の棟梁《とうりょう》になる予定《よてい》です。稲荷堂《いなりどう》の一件《いっけん》でもわかるように、亀吉《かめきち》は、職人《しょくにん》たちを束《たば》ねる才覚《さいかく》を持《も》っていました。天性《てんせい》のものでしょう。

仕事《しごと》の方《ほう》も、鶴見《つるみ》での修業《しゅぎょう》が実《みの》っているようです。というより、千太郎《せんたろう》の仕事《しごと》ぶりが、教訓《きょうくん》になったと、本人《ほんにん》はいっているそうです。ひとつひとつ真《ま》っ正面《しょうめん》からとり組《く》み、うんうんうなりながらやっていく千太郎《せんたろう》の姿《すがた》は、大《おお》まかで、かなりいいかげんな性格《せいかく》だった亀吉《かめきち》には、たしかにいいお手本《てほん》でした。

文化《ぶんか》十五年《ねん》（一八一八年《ねん》）寅年《とらどし》の正月《しょうがつ》。

建喜《たてき》の職人《しょくにん》たちは、宿《やど》さがりしました。一年《ねん》に二度《ど》、正月《しょうがつ》と盆《ぼん》だけ、奉公人《ほうこうにん》は親《おや》元《もと》へ帰《かえ》ってよいことになっていました。これを藪入《やぶい》りといいました。

生麦《なまむぎ》の実家《じっか》から鶴見《つるみ》の建喜《たてき》の家《いえ》までは、目《め》と鼻《はな》の先《さき》の距離《きょり》ですが、この二日間《ふつかかん》以外《がい》、千太郎《せんたろう》もおこうも、帰省《きせい》することはできませんでした。

ふつうは、一月《がつ》の十六日《にち》が藪入《やぶい》りでしたが、この年《とし》、建喜《たてき》の棟梁《とうりょう》は、元日《がんじつ》の朝《あさ》、両親《りょうしん》にあいさつができるようにしてくれたのです。おこうは今年《ことし》十六歳《さい》、千太郎《せんたろう》は十二歳《さい》になります。

「千《せん》ちゃん、あんた、ひとりで先《さき》に帰《かえ》んな」

おこうがいいました。

「大《おお》みそかは、女子衆《おなごし》は台所《だいどころ》がいそがしいんだよ。除夜《じょや》の鐘《かね》が鳴《な》らなきゃ、終《お》わらないんだもの」

「いいよ、待《ま》ってるよ」

「そうかい。じゃ、ついでだから、初日《はつひ》の出《で》、お詣《まい》りしていこう」

このへんは海《うみ》っぱたですから、どこからでも日《ひ》の出《で》はおがめますが、鶴見《つるみ》の人《ひと》たちは、たいてい子生山観音《こいけさんかんのん》まで行《い》っています。ちょうど、生麦《なまむぎ》との村《むら》ざかいの山《やま》ぎわにあり、ゆるいのぼり坂《ざか》の参道《さんどう》の先《さき》にある、三十数段《すうだん》の石段《いしだん》をのぼりきると、なんのじゃまもなく、海《うみ》も空《そら》もまるまる見《み》ることができました。

ふたりが建喜《たてき》を出《で》たのは、午前《ごぜん》六時《じ》。日《ひ》の出《で》は、六時半《じはん》すぎです。暗《くら》くてはっきりしませんが、すでにあちこち、村《むら》の人《ひと》たちが日《ひ》の出《で》を待《ま》っていました。海《うみ》も暗《くら》くて見《み》えませんが、潮鳴《しおな》りだけは聞《き》こえていました。

「あれ、建喜《たてき》の……。おめでとさん、生麦《なまむぎ》に帰《かえ》るんじゃねえのけ？」

顔《かお》なじみの人々《ひとびと》が、声《こえ》をかけてくれます。千太郎《せんたろう》たちも、ていねいにあいさつを返《かえ》します。

「おめでとうございます。日《ひ》の出《で》おがんでっから、帰《かえ》ります」

といっているとき、水平線《すいへいせん》にまっすぐ、光《ひかり》のすじができました。つぎの瞬間《しゅんかん》、それがおしひろげられ、光《ひかり》の矢《や》が雲《くも》をつらぬいて、空《そら》が明《あか》るくなりました。

とつぜん、朝日《あさひ》がぽんと、光《ひかり》のしずくをぽたぽたたらしながら、水《みず》からはじけ出《で》ました。

海《うみ》も金波《きんぱ》、銀波《ぎんぱ》。まぶしくて、目《め》も開《あ》けられません。

「ああ、いいお正月《しょうがつ》だ」

おこうがいいました。

「千《せん》ちゃん、あんたも今年《ことし》は、きっと運《うん》が開《ひら》けるよ。台所《だいどころ》でも、評判《ひょうばん》いいんだよ。きっちりした仕事《しごと》してるって。それなのに、天狗《てんぐ》になんないもんねって」

そのおこうの声《こえ》が、はたして耳《みみ》にとどいたのかどうか、千太郎《せんたろう》は腕組《うでぐ》みをしながら、じっと遠《とお》くの海《うみ》を見《み》つめていました。

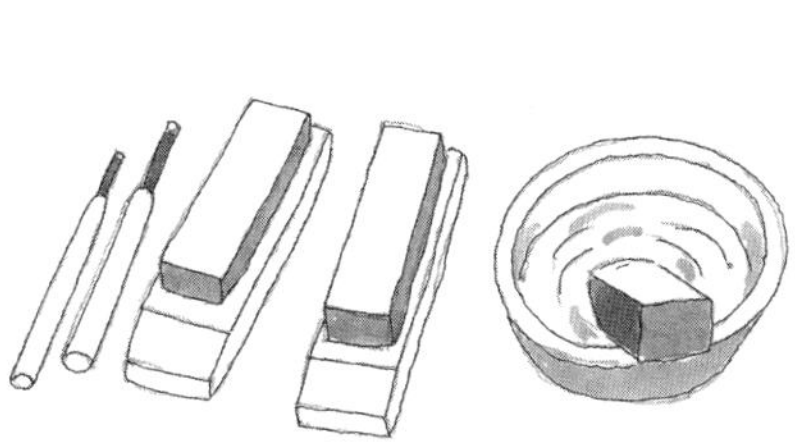

あとがき

またまた、鶴見《つるみ》（神奈川県横浜市鶴見区）を舞台《ぶたい》にさせていただきました。わたしは鶴見で生まれたわけでもなく、親類もいません。それなのになぜ、鶴見……鶴見なのか。最初、短編《たんぺん》の材料のひとつでもいただければと思って、旧東海道《きゅうとうかいどう》をちょっと歩いただけですが、それが鶴見周辺だったので。今やわたしにとって、鶴見は大事な心のふるさとになってしまいました。

たいがい、東京からＪＲ《ジェイアール》でうかがいますが、駅をおりたとたん、わたしは旅行者でなく、町の人になってしまうみたいです。もっとも、おしゃれな今の鶴見の町すじでなく、百四、五十年前の東海道で、松の並木《なみき》があったり、「お休《やす》み処《どころ》」のの

つの麻《あさ》の葉《は》

ぼりがあり、赤いもうせんを敷《し》いた縁台《えんだい》が出ていたりする感じなのです。子生山観《こいけさんかん》音《のん》の石段《いしだん》をあがってみたり、浜におりて行って、白帆《しらほ》が見えるつもり、干《ほ》し網《あみ》が高々とあるつもりで……。

よそ者が勝手にうかがって、こそこそきょろきょろ、何やかや拾い集めては、それを種《たね》にウソ八百ならべるわけで、鶴見の皆《みな》さんにとっては、さぞかしご不快《ふかい》ではと痛《いた》み入《い》っています。

さてこの作品『建具職人《たてぐしょくにん》の千太郎《せんたろう》』は、新たに書《か》き下《お》ろしたものですが、おこうと千太郎のふたりについては、一度筆を執《と》ったことがあります。昭和《しょうわ》五十年(一九七五)七月、坪田譲治《つぼたじょうじ》先生編集《へんしゅう》の「びわの実学校《みがっこう》」第七〇号に載《の》せていただいた「姉弟《きょうだい》」という、三十枚《まい》弱の短編《たんぺん》です。それを昭和五十二年(一九七七)十一月、「鶴見村《つるみむら》もの」の短編を集め、『東海道鶴見村《とうかいどうつるみむら》』(偕成社刊《かいせいしゃかん》)に入れました。この本は、平成《へいせい》十七年(二〇〇五)三月、石風社《せきふうしゃ》から、「街道百年茶屋《かいどうひゃくねんちゃや》ばなし」三部作のひとつとして、『熊《くま》の茶屋《ちゃや》』の書名で、装《よそお》いも新たに出版《しゅっぱん》していただきました。今回、「鶴見村もの」の決算として、少し長いものにしました。

この主人公は、本当は百太郎《ひゃくたろう》という、鶴見に実在《じつざい》した職人《しょくにん》です。生麦《なまむぎ》の名主関口《なぬしせきぐち》藤右衛門《とうえもん》が残した『関口日記《せきぐちにっき》』(横浜市教育委員会《よこはましきょういくいいんかい》)にも、ちゃんと出てきます。

文政元年《ぶんせいがんねん》(一八一八)八月二十一日　曇天《どんてん》
鶴見建具屋百太郎《ツルミタテグヤヒャクタロウ》　今日ヨリ始マリ、外壱人来《ホカヒトリキタ》ル

そして九日間、八月二十九日まで通《かよ》っています。

この記録《きろく》をいただいて、職人像《しょくにんぞう》を立ちあげました。だから、本当は百太郎なんです。わたしも書きながら、

「百ちゃんたらぁ、何やってんのよう」

と、姉《ねえ》さんのおこうみたいに、ぶつぶついってみたり、

「しっかり、百ちゃん」

と、エールを送ったりしました。

わたしは、職人とか町娘《まちむすめ》の登場する、長屋《ながや》の暮《く》らしぶりに興味《きょうみ》があります。職人といっても、粋《いき》でいなせで、そして自分の仕事に誇《ほこ》りを持つ、一人前の大工像《だいくぞう》とか、左官像《さかんぞう》は、とても手に負《お》えません。そこで低年齢《ていねんれい》の職人見習《しょくにんみならい》、いわゆる丁稚小僧《でっちこぞう》に的《まと》をしぼっているわけです。もっとも、人間探求《たんきゅう》には大人も子どももないので、苦労は同じでした。いつか、ちゃんとした職人が書けたら、と思っています。

むかし、大工の徒弟奉公《とていぼうこう》といえば、今の小学校を卒業するかしないかの年齢層《ねんれいそう》でした。現在《げんざい》、そういう少年大工はいません。昭和二十二年（一九四七）、労働基準法《ろうどうきじゅんほう》ができて、十五歳《さい》未満は働かせてはいけないことになりました。子どもの人権《じんけん》を守る大事な法律《ほうりつ》です。でも本当のことをいうと、わたしにとってはモデルがいないというのは、困《こま》った問題でもありました。

とにかくわたしときたら、見たり聞いたりしなければ、一行も書けないのですから。今回も大工さんのところに行って、「弟子入りしたときはどうでしたか？」と、聞くしかありませんでした。

「あにさんのお使いをしたら、こづかいむらった。アメ買っててよう。こんなうめえもんあったかと、うきうき帰ったらよう。『どこへ行ってた』とどやされた。とたんに、アメがのどにつけえてよう」

へえ、そんなことあったんですか。あ、その話、ください。

大工仕事《だいくしごと》の工程《こうてい》など、一度聞いただけではわかりません。図解《ずかい》してもらって、実演《じつえん》してもらって、わかったつもりでも、全然作文できず、つぎの日、また聞きにいきました。よく金槌《かなづち》なんか飛んでこなかったと思います。

そうやって、子どもの姿《すがた》を追いかけて気がついたのは、百四、五十年前の子どもたちも現代《げんだい》の子どもたちも、人間の原形に変わりがないということでした。

世の中に出ていく通過儀礼《つうかぎれい》というのか、世渡《よわた》りのお行儀《ぎょうぎ》、友だちとのつき合いなど、先輩《せんぱい》から教わるわけですが、仕事の修業《しゅぎょう》ばかりでなく、人生全般《ぜんぱん》の修業は、楽ではないですね。

それでも、人生、決して捨《す》てたものではありません。

読んでくださってる皆《みな》さんも、主人公の千太郎のように、前を向いて生きることに大きな喜《よろこ》びを感じる時が、きっと訪《おとず》れるはずです。だから、今、この時間をがんばってほしいと思います。

このたび、たくさんの方にご教示《きょうじ》いただきました。まず、東京都豊島区《としまく》の株式会社《かぶしきがいしゃ》小林《こばやし》一工務店《いちこうむてん》の小林一清《こばやしかずきよ》さんに、大工としての基本《きほん》を教えていただきました。また、わが家《や》の近くに、クニナカという工芸家具の会社があり、そこで机《つくえ》のこととか、こまかい建築《けんちく》の技術《ぎじゅつ》を習いました。

「組子《くみこ》」については、栃木県鹿沼市《とちぎけんかぬまし》に行ってきました。鹿沼は日光東照宮《にっこうとうしょうぐう》に近いので、造営《ぞうえい》のとき呼《よ》び集《あつ》められた、宮大工《みやだいく》の後裔《こうえい》がいます。祭《まつ》りのとき繰《く》り出《だ》す、豪《ごう》華絢爛《かけんらん》な彫刻屋台《ちょうこくやたい》も有名で、まるで、東照宮のひな形《がた》のようなみごとな山車《だし》です。

組子細工《くみこざいく》もこまかい精巧《せいこう》なもので、鹿沼《かぬま》の木《き》のふるさと伝統工芸館《でんとうこうげいかん》には、組子を実際《じっさい》に作らせてもらえるコーナーもあり、わたしも「つの麻《あさ》の葉《は》」のコースターを作ってきました。有限会社岩恵木工所《ゆうげんがいしゃいわけいもっこうじょ》の岩本恵二《いわもとけいじ》さんには、みごとな組子細工の作品を見せていただき、貴重なお話もたまわりました。

本書に美しいイラストを添《そ》えてくださった画家の田代三善《たしろさんぜん》さんに、お礼を申し上げます。『東海道鶴見村《とうかいどうつるみむら》』『鶴見村十二景《つるみむらじゅうにけい》』など、一連の「鶴見村もの」でもお世話になりました。何度も鶴見に、足を運んでいただきました。

この本を世に送り出してくださったくもん出版《しゅっぱん》の皆《みな》さまにも、心からお礼を申し上げます。

二〇〇九年五月

岩崎京子

著者紹介

作家●岩崎京子（いわさき　きょうこ）

一九二二年（大正十一年）、東京に生まれる。恵泉女学園普通部・高等部卒業。与田凖一に師事し、児童文学の創作をおこなう。一九五九年（昭和三十四年）、短編『さぎ』で日本児童文学者協会新人賞を受賞。主な作品に、『鯉のいる村』（新日本出版社／野間児童文芸賞・芸術選奨文部大臣賞）、『花咲か』（偕成社／日本児童文学者協会賞／石風社より復刊）、『東海道鶴見村』（偕成社）、『かさこじぞう』『お父さんの足音』（ポプラ社）、「街道茶屋百年ばなし　三部作」（石風社）、『１００さいのおばあちゃん先生』『一九四一　黄色い蝶』（くもん出版）などがある。日本児童文学者協会会員。

画家●田代三善（たしろ　さんぜん）

一九二二年（大正十一年）、東京に生まれる。日本美術家連盟、日本児童出版美術家連盟会員。主な作品に、『龍の子太郎』（講談社）、『太陽とつるぎの歌』（実業之日本社）、『こしおれすずめ』（国土社・ボローニャ国際絵本原画展出品）、『東海道鶴見村』『海と十字架』（偕成社）、「街道茶屋百年ばなし　三部作」（石風社）、『いっすんぼうし』（くもん出版）などがある。

【主な参考文献】

斎藤隆介『職人衆昔ばなし』　文藝春秋　一九六七年

佐久間道夫・竹内治利『鶴見川誌』　西田書店　一九七〇年

佐久間道夫・竹内治利『鶴見村誌』　西田書店　一九七二年

大谷晃一『現代職人伝』　朝日新聞社　一九七八年

早川謙之輔『木工の世界』　新潮社　一九九六年

柳　宗理・渋谷　貞・内堀繁生編『木竹工芸の事典　新装版』　朝倉書店　二〇〇五年

油井宏子『江戸奉公人の心得帖』　新潮社　二〇〇七年

建具職人の千太郎

2009年6月29日 初版第一刷発行

作家 岩崎京子
画家 田代三善
装丁 竹川公一
発行人 土開章一
発行所 株式会社くもん出版
〒102-8180 東京都千代田区五番町3-1
電話 03-3234-4001(代表)
03-3234-4064(編集部直通)
03-3234-4004(営業部直通)
ホームページ http://www.kumonshuppan.com/
印刷所 株式会社精興社

NDC913・くもん出版・208ページ・20cm・2009年
ISBN978-4-7743-1650-5
©2009 Kyoko Iwasaki & Sanzen Tashiro, Printed in Japan.
落丁・乱丁がありましたら、おとりかえいたします。
許可なく複写、複製、転載、翻訳することを禁じます。

くもん出版　岩崎京子の本

一九四一　黄色い蝶

三姉妹の目に映った〈戦争〉の時代——

太平洋戦争がはじまった年、昭和16（1941）年。
人々は、何を思い、どのような毎日を過ごしていたか。
そのとき、東京の山の手に暮らす少女たちは……。
わが国を代表する児童文学作家が、
三姉妹の目に映った「戦争」の時代を、
平和への祈りをこめてつづる、自伝的作品。

絵●山中冬児——小学高学年以上向き